AKIKAN!

Budoko
ぶど子
Hidehiko Otoya
男屋秀彦
木崎愛鈴
Airin Kizaki
Yell
エール
illustration 鈴平ひろ

メロン
Melon
東風
揺花
Yurika Kochikaze
大地
カケル
Kakeru Daichi
Goro Amaji

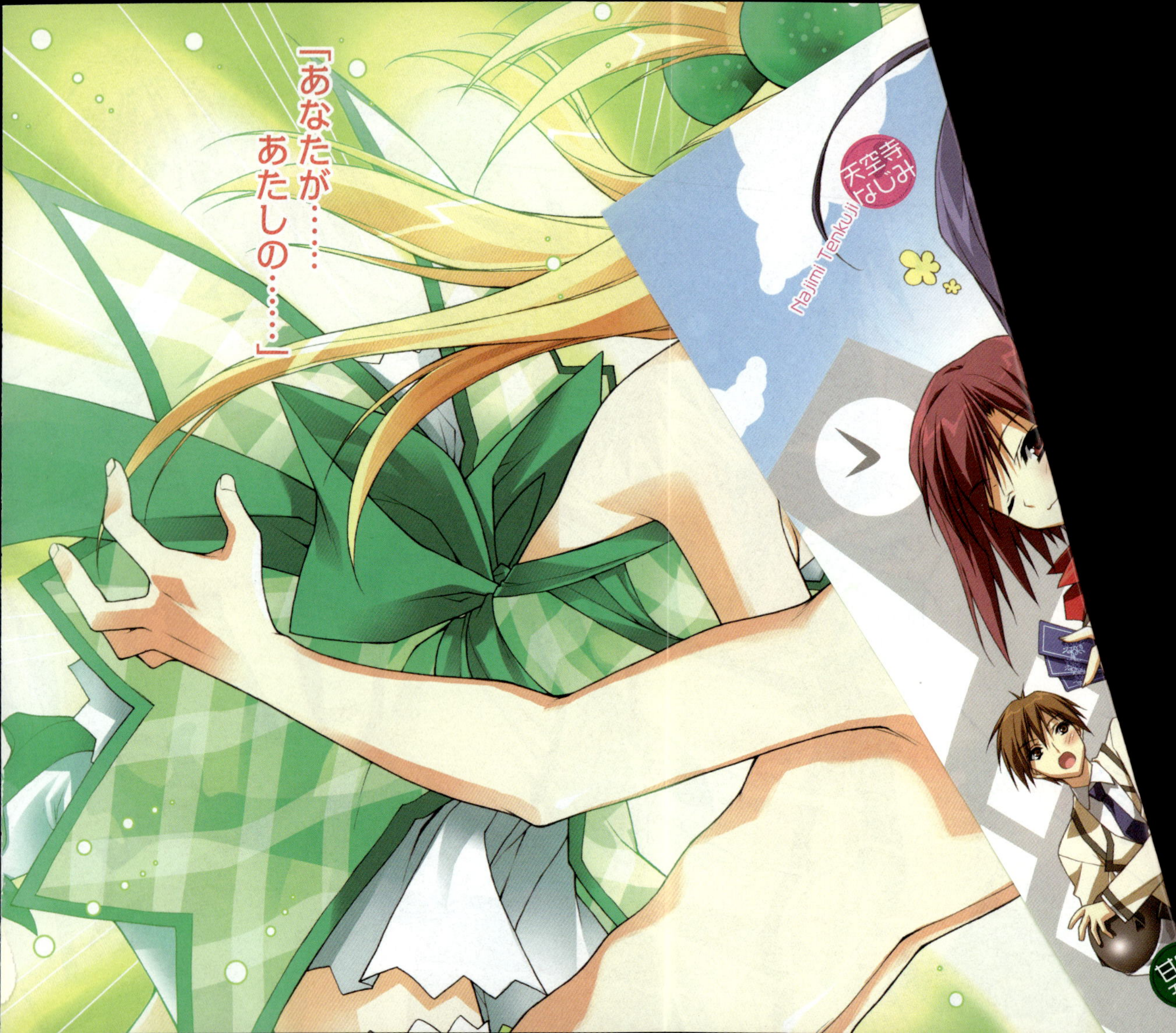

「あなたが……
あたしの……」
天空寺なじみ
Najimi Tenkuji

AKIKAN!
アキカン！

アキカン!
AKIKAN!

Contents

イラスト／鈴平ひろ

空き缶なんて。
ただの、ゴミじゃないの。

ジュースを飲み終わったら。
そこら辺にポイされたり。
灰皿代わりにされたり。
踏んづけられたり。
缶ケリされたり。
溶かされたり。
邪魔だとか。
不衛生だとか。
原価が高いとか。
音がうるさいとか。
栓《せん》すらできないとか。
街の景観をそこねるとか。
時代はペットボトルだとか。

勝手ばっかり。

ロクな扱《あつか》いされない。
ただの、ゴミじゃないの。
ゴミなのよ、あたしたちは。
ただの容《い》れ物。
ジュースがなくなれば、いらないもの。
それでいいの？
いやに決まってるじゃない。
じゃあどうすればいいの？
どうすれば、もっと大切にしてもらえるの？
だれか教えてよ。ねえ。
もっと頑張ればいいの？　どうやって？　なにを？
だれかを憎《にく》めばいいの？　だれかを倒せばいいの？　それでなにかが変わるとでも？
……愛してくれるの？　もっと？
教えてよ、ねえ。

わかんないわよ、ばか。

プロローグ

〝ファーストキスはレモンの味〟

などというこっ恥《ぱ》ずかしい妄言《もうげん》、いったいどこのどいつが言い出したのだろうか。

んなわけあるかボケ、と大地《だいち》カケルは思う。いい加減なことを言うなってんだ。

いや！　ちゃんとレモンの味がしたぞ！　と、中には強弁《きょうべん》する人がいるかもしれない。

しかしそれはきっと、キスの相手が事前にレモネードでも飲んでいたか、もしくは初恋の相手が人間ではなくレモンだったという特殊な性癖《せいへき》の人に限られるだろう。

じゃあいったいどんな味なのか。

ずばり言おう。それはメロンの味なのである。

ファーストキスはメロン味である。

間違いない。だってカケル自身がその体験者なのだから。

――いや、メロン味、という表現は少々誤解を招いてしまうかもしれない。

確かにメロンはメロンだったのだが、果物のメロンではなく、もっとチープでしゅわしゅわっとした――メロンソーダの味だったのだ。

いや、『だった』というような過去形で語るのも語弊《ごへい》があろう。

だって、いまもカケルはそのファーストキスの真っ最中なのだから。


ンっ——と、文字通り目と鼻の先にいる少女が吐息《といき》をもらした。

目を閉じた女の子の睫毛《まつげ》がこんなにも長いものだということを、カケルは初めて知った。

カケルは裸《はだか》で、少女とキスをしていた。やがてゆっくりと二人の唇《くちびる》が離れていく。

「なん、で……」目を見開いて少女の顔を見つめる。

「あなたが……あたしの……」

少女はわずかに頬《ほお》を染めて、手の甲《こう》で濡《ぬ》れた唇をぬぐっている。

ひとり暮らしのアパートのリビング。すぐ後ろにはベッド。カケルは全裸《ぜんら》。

第三者が見れば、やることをやろうとしている恋人同士にしか見えないだろう。しかしなぜかカケルは戦《おの》いたように後ずさりし、足をもつれさせてべたんと尻餅《しりもち》をついてしまった。

「そんな、バカな……嘘《うそ》だ」少女の姿に動転するカケル。「いっ、たい、い、お前は誰、な、んだ?」

一方、少女のほうも裸のカケルを見下ろして、「きゃあっ!? あんたなんで裸なのよっ!?」と、今ごろそのことに気づいて悲鳴を上げている。二人はまるで嚙《か》み合っていなかった。

「お、お前、いまどっから現れた? なんでオレとキスしてんだ? さっきまでオレは」

自分が裸であることも忘れて、カケルは震えながら叫んだ。

「さっきまでオレは、確かにメロンソーダの缶に口をつけていたのに——!」

「それがあたしよ。そのメロンソーダの缶があたし」

カケルの股間《こかん》から目を逸《そ》らしながら、少女があっさりと妙なことを言う。

「は……？　お前、『メロンソーダ・ノ・カン』って名前なのか？　ずいぶんとまあ……」

「なに言ってんのよ。だから、あんたがすこし前に自販機で買って、プルタブを開けて口をつけた缶がこのあたしなのよ。あたしの言ってるコトバわかる？」

「缶……缶だと？　お前がか？　へっ」

ふらふらと立ち上がる。むろん裸のままで。

「そうか……わかったぞ。これは夢だ。妙だと思ったんだよ。そもそもキスがメロンソーダの味なわけねーだろボケ。きっと本当のオレはベッドで眠ってんだ。うはははははは」

「や、やだ、なにぶつぶつ言ってんのよ。夢なんかじゃ――って裸でこっちこないでよ！」

――シュワシュワシュワ
戸惑《とまど》いの表情を浮かべる少女に近づいていくと、微《かす》かにそんな音が聞こえてきた。見ると、少女の髪をくくっている丸いボンボンの中に緑色の液体が満たされており、それが勢いよく泡《あわ》立っていた。……そうだ、これは炭酸のガスが弾《はじ》ける音だ。

「あーなるほどねー。この子がメロンソーダの缶って設定だからねー。ずいぶん芸が細かい夢だなー。どれどれ、どこまで高いクオリティーを保ってるか調べてみよう」

「ちょ、ちょっと！　なんでヘンな笑み浮かべてんのよ！」

「ほぉほぉ、近頃の缶もずいぶん発達したものよのう。どれ、触り心地のほうはどうかの」

ぺたぺた。なでなで。さわさわ。少女の体を無遠慮に触っていく。

「なっ、なっ、なっ――」

「なるほどなるほど。とても夢とは思えぬ触り心地よ。よし、じゃあ次はぺろぺろして――」

「なにすんのよ変態――――――――――――――――――――――――っ!!」

シュワシュワシュワッ！　ブワッ!!

「なッ!?」少女が両手を突き出した瞬間、もの凄《すご》い突風のようなものがカケルを直撃した。

股間の物を激しく揺らしながら。たまらず三メートルほども吹き飛ばされた。

「いっ、いってえ！　なっ、なんだいまの風はっ!?」

床に這《は》いつくばりながら混乱するカケルに、少女はハァハァと肩で息をしながら、

「炭酸のガスを飛ばしたのよ。今度あんなことしたらぶっ殺すわよ！」

「炭酸の、ガス……？　なんでそんなものが……お前、いったい何者だよ!?」

「だからさっきから言ってるじゃない」

カケルの問いに、少女は不遜《ふそん》に腕を組んできっぱりと言い放った。

「あたしは缶よ。あなたがさっき買ったメロンソーダの缶！」

「………嘘、だろ」

あんぐりと口を開けて絶句する。

物語の始まりは、一時間ほど前までさかのぼる。

Akikan!
一口目　缶、カンカン。

出会いと別れはだいたい唐突《とうとつ》だ。とくに変なのが相手だと。

とりわけ、カケルの場合はそれが顕著《けんちょ》である。なぜならば——

「ファック!!　この淫売《いんばい》が！　お前、金さえもらえれば誰にでも取り出し口をおっぴろげるような女なんだろ!?　童貞だからって馬鹿《ばか》にしやがって！」

カケル自身が変な奴《やつ》だからである。

いまカケルは自販機の前にいる。むろんジュースのだ。コンドームを使う相手などいない。

なぜ自販機相手にキレているのか。それには深く哀《かな》しい理由がある。

五分前、学校からの帰り道のことである。

ちゃりちゃり、ちゃりんと自販機にお金を投入したのだ。

『いらっしゃいませ！』

「へい、キミ、かわいいね。いくつ？」

元気に挨拶《あいさつ》してくる自販機にフランクに答える。

『冷たいジュースや温かいコーヒーなどはいかがですか？』

「景気はどうだい？　近ごろ日経平均株価が右肩下がりで大変だよね（よくわかってない）」

『今なら当たりが出るともう一本ジュースがもらえます！』

「はっは。キミ、いつもそうやってオトコをたらし込んでるのかい？　オレは騙《だま》されないよ」

『どれかボタンを押してください』

「おいおい、ずいぶん挑発的《ちょうはつ》じゃないか。触った瞬間強面《こわもて》のお兄さんが登場なんて嫌だぜ？」

『どれかボタンを押してください』

「ハッハー！　困ったな、あいにく最近亜鉛《あえん》不足でダディの元気が今ひとつなんだ」

『どれかボタンを押してください』

「そう急《せ》かすなよ。物事には順序ってものがある。オレはもっとキミのことが知りたいんだ。キミを押すのはそれからでも遅くない。そうだろう？」

『どれかボタンを押してください』

「ふー、やれやれ。そんなにオレに押して欲しいのか。でもな、金を払うつもりはないぜ？」

『どれかボタ、』

言いかけて、自販機は沈黙した。

「………キミも、やっぱり金が目的だったんだね」

愛していたのに……とロバート・デ・ニーロばりに肩をすくめる。

時たまこんな風《ふう》に、ひとり暮らしの寂しさを紛《まぎ》らわせているのだ。人に見られでもしたら死にたくなること必至《ひっし》だが、現在は十九時ちょっと前。閑静《かんせい》な住宅街の路地に人はいない。

「さって、馬鹿やってねえで早く帰って亜鉛摂《と》ろ。亜鉛アエンAENあえーん♪　あいーん」

亜鉛の五段活用（？）を口ずさみながら、自販機の釣り銭口に手を突っ込む。

ただでさえ悲劇であるカケルの人生を、さらなる悲劇が襲《おそ》った。

「……ない」

返ってくるはずの、百二十円が落ちてこない。あいやまたれい！　と慌《あわ》てて釣り銭レバーを下げるがあとの祭り。カケルが投じた硬貨たちは儚《はかな》くも自販機へと召されたのである。

そして冒頭の「ファック!!」となるのである。

怒りくるったカケル少年は、サッカー部の助《すけ》っ人《と》で鍛《きた》えた健脚《けんきゃく》でもって自販機を数回にわたって蹴撃《しゅうげき》、破壊を試《こころ》みるが、百二十円をだまし取った自販機は涼しい顔。挑発をするように昂《こう》然《ぜん》とライトを点灯させ、テコでも金を返さない構えである。

「くそっ！　出てこいやさっきの女！　オレを怒らせたことを後悔させてやる！」

財布から五百円玉を取り出し、投入。

『いらっしゃいませ！』

おのれ、いけしゃあしゃあと！

カケルは跳《と》び上がり、自販機の喉《のど》もとに「死ね！」と回し蹴《げ》りを放った。

『冷たいジュースや温か』ぴっ、ガコン！

ボタンが押されてジュースが落ちてきて、そして、

『ありがとうございました！　ありがとうございました！』

「ふん！　思い知ったか！　チェリーボーイだからって馬鹿にすんじゃねえぞ！」

ワァッハッハッハ！　とジャイアンみたいに尊大に勝ち誇る。すると——

ぴるるるるるるる————

自販機の液晶にスロット画像が映し出され、果物などのマークがくるくると回り始めた。

三つ揃《そろ》うともう一本、というアレだ。ひとつずつマークが止まっていく。

ぴっ。——【チェリー】

ぴっ。——【チェリー】

ぴー！——【アッカンベー】

『ざ・ん・ねーん！　ハ・ズ・レ！　また買ってね！　また買ってね！』

「う、う、う、うわあああああっ！」

カケルはムンクの『叫び』みたいな顔をしながら自販機を蹴り飛ばす。

「ちくしょう！　馬鹿にしやがって！　オレがいったいなにしたってんだよちくしょう！」

自販機に悪戯《いたずら》をしていたことなど忘却《ぼうきゃく》の彼方《かなた》である。

カケルは悪態《あくたい》をつきながら一通り暴れたあと、力なく地面に膝《ひざ》をついた。

「あー……………なにやってんだオレ……」

頭を抱え、意気消沈する。自販機を口説《くど》いたりキレたり蹴っ飛ばしたりと、まことに忙しい男である。ひとり暮らしの寂しさが高じて、多少情緒不安定《じょうちょふあんてい》になっている。

「……………帰ろ」悄然《しょうぜん》と呟《つぶや》き、立ち上がる。釣り銭口に手を入れるが、やはり金はない。

「……チッ、どんだけがめついんだよこいつ。はぁ、ジュース一本で六百二十円か……」

怒る気力もなくし、よろよろと腰をかがめて成り行きで買ってしまった缶を取り出す。

ひんやりと冷たく、普通の缶よりもちょっとスリムだ。自販機のライトにかざしてみると、それはメロンソーダだった。爽《さわ》やかな若草色に塗られた缶の真ん中に、マスクメロンの絵が書かれており、そこから炭酸をイメージした泡《あわ》の絵がぶくぶくと立ち上っている。

カケルはそれを制服のズボンにしまい、肩を落としてとぼとぼと歩きだす。

「はぁ………ったく、こんなときカノジョがいてくれたらなァ。うぇえん！　自販機がいぢめるよぅ！　って泣き叫びながら腰にしがみついて慰《なぐさ》めてもらうのになぁ………はぁ」

十月の東京《とうきょう》は、暖かくもなく寒くもなく。ゆるりとした風が吹く。

足を動かす度《たび》に、ポケットの中の冷えた缶が股間《こかん》に当たってうひゃあとなる。


大地《だいち》カケル。高校一年生。身長百七十三センチ、体重六十五キロ。少し茶色がかったツンツン髪と、目つきの悪い三白眼《さんぱくがん》。趣味はスポーツと缶集め。十六年間恋人なし。

出会いと別れはだいたい唐突だ。とくに変なのが相手だと。

カケルは間違いなく『変なの』に属する。

では、もしも相手も『変なの』であったら、それはどんな出会いなのだろうか？

その瞬間は、ポケットの缶が股間をノックするたびに、着々と近づいていた。

◇　◇　◇

「ＯＫ、冷静になってよく状況を把握《はあく》してみよう」

「それはいいけど、その前に下を隠しなさい」

カケルは全裸《ぜんら》のまま一休《いっきゅう》さんのようにあぐらを組み、顎《あご》に手を当てて考えてみる。

ポクポクポク、ちーん！

まず、ここはオレの部屋だ。築三十年のオンボロアパートの１ＬＤＫ。

小一時間ほど前に帰ってきて、ヤカンと風呂を沸かして、カップラーメン食って、亜鉛のサプリメントを飲んで、全裸になってハイテンションで「なんてったってアイドル！　ヒョー！　なんてったってアイドル！」と意味不明に絶叫しながら風呂に飛び込んで――

そう、それで風呂から上がったあと、買ってきたメロンソーダを飲んだんだ。裸《はだか》で。

「なるほど！　だからキスのときメロンソーダの味がしたのか！　謎が解けたぞ！」

「そう。それはよかったわね。じゃあはやく下を隠しなさい」

「なんてったってアイドル！　ヒョー！　なんてったってアイドル！」

「だからはやく下を隠しなさいっての！」

ぐちゃり！

「ヒョーッ!?」現実逃避をしているカケルの股間に、少女の踵《かかと》がめり込んだ。

「きゃあっ!?　踏ませるんじゃないわよばかっ！」

「おうっ、おうっ、おうっ」オットセイのような奇声を上げて床をのたうち回る。

少女は足をソファにこすりつけながら、「きもちわるいわ！」などとのたまっている。足を持ち上げているため、ちらりと白いパンツが覗《のぞ》けた。それで少しカケルの痛みが和《やわ》らぐ。

「って和らぐわけねーだろボケッ！　あーゆーあーはいすくーるすちゅーでーん⁉」

怒りのあまり中学の英語教科書の一節を叫びながら、がばっと立ち上がる。

「きゃあっ⁉　だから下を隠しなさいってばっ！」

「おっと、これは失礼」カケルは紳士的に謝罪して床に落ちていたタオルを腰に巻き、「おいっ！　お前はいったいなんなんだ？　名を名乗れ！」

「名前なんかないわよ。初めて人の形になったんだから」

「はあ？　なに言ってんだお前？　ナニモンだよ」

「だからさっき言ったじゃない。あたしは缶よ。あんたが買ったメロンソーダの缶よ」

「缶～⁉　お前が～？　お前、どっからどう見たって――」

カケルは改めて少女の姿を見て、はっと息を飲んだ。

ボンボンのついたゴムでくくられた、艶《つや》やかでさらさらの長い髪。肌《はだ》は、白いというより朝日を思わせるような透明感に溢《あふ》れていて、吊《つ》り目気味の潤《うるお》った瞳《ひとみ》と相まって、青草の匂《にお》いが漂ってきそうな活発な清涼感を放っていた。

わけわからんことを言うし、派手《はで》な緑色のドレスを着ているし、大事なタマちゃん一号二号を踏みにじりやがったとんでもない女だが、文句なく………可愛《かわい》かった。

……そうだ、それにオレはさっきこいつと——

カケルはドキドキしながら唇《くちびる》を撫《な》でた。その指は先ほどまで股間を触っていたのだが、そんなこといまのカケルにはどうでもいい。

花のつぼみのように慎《つつ》ましい、少女の唇。甘く、柔らかく、そして意外と冷たかった。

——カケルの脳内で、卑猥《ひわい》を司《つかさど》る宇宙、エロコスモがビッグバンを起こした。

うっ……あっ、あの柔らかい唇で……コレやソレをアレしてもらったら……

————胸の高鳴りが下半身へと移動。

「はぉうっ！」

股間を押さえて前屈する。亜鉛効果なのか、いつもより著しい。

「な、なに、どうしたの？　まだ痛いの？」

「うっ、おお！　そうだ！　お前が思いっきり踏みつけやがるからだ！」

「……だいじょうぶなの？」

さすがに少し良心が咎《とが》めたのか、少女が心配そうに近づいてきて覗き込もうとする。

「おまっ、見んじゃねーよ！　そんなに人が痛がってる姿が見てーのかよ！　ちょっと着替えるからあっち向いてろ！」

「あ……」少女が目を見開いて赤面する。「そ、そうね、そもそもあんたが下を隠さなかったのがいけないんだし、自業自得《じごうじとく》よね！」慌てて後ろを向く。

カケルはひとまずほっと息を吐くと、股間を押さえたまま四つんばいでリビングの隅《すみ》のカラーボックスまで行き、そこの一番下の段にあるトランクスを手に取り、足を通す。

……が、そこでカケルはふと思った。思ってしまった。

果たしてこのまま素直に一物《いちもつ》を収めてしまっていいのだろうか？

いや、いいに決まってるのだが（というかそうすべきなのだが）、なんだかここで何もせずに終わってしまったら負けというか、屈してしまうことになるような気がする。

股間の高ぶりはもう静まっている。が、男のプライドは静まらない。

パンツをはけと言われてすごすごとパンツをはく男など、去勢された犬と大差ないではないか。大地カケルはそうなのか？　もう吼《ほ》えも噛《か》みもしないふぬけなのか——？

「否《いな》！　断じて否！」

「なっ、なによ!?　どうしたの!?」

カケルの雄叫《おたけ》びに反応し、少女が振り返ろうとする。

「いや！　なんでもない！　ただの思い出し叫びだ！」

「なによ思い出し叫びって。あんたなにか思い出すたびに叫んでんの？　もう、はやくしてよ」

「おう、もうちょっとそこで首を洗って待ってるがいい」

再び少女があっちを向いたのを確認すると、カケルは穿《は》きかけのトランクスをずばっと下げ、タオルと一緒にぽーいと格好《かっこう》良く後ろへ放り投げた。

そして両足を広げ、腰に手を当てて少女に向かって仁王立《におうだ》ち。

でーん！

さあ、生まれたままのオレを見よ！

カケルは胸を張り、尻《しり》に力を込め、ふん！　と鼻孔を膨《ふく》らませる。

おお、なんと威風堂々《いふうどうどう》たる出《い》で立《た》ちであろう！　そしてなんていう爽快感《そうかいかん》！　開放感！

カケルは満腔《まんこう》の清々《すがすが》しさでもって、改めて三メートル先の少女の後ろ姿を見据《みす》える。

ドレスの上からでもわかる、よく締まった形の良いお尻である。その下からすとんと伸びる、O脚とは無縁《むえん》そうな、棒のように真《ま》っ直《す》ぐな脚《あし》も実に良い。できれば胸などはもう少しふっくらしていたほうがカケルの好みなのだが、そこまでの贅沢《ぜいたく》は言うまい。

これで何もせずにいたら男がすたるというものだ。

カケルはボディビルダーのようにヘソの前で両手を組み、「はむっ！」と力を込めた。スポーツをやっているので腕の筋肉も多少はついているのだが、やや迫力に乏《とぼ》しい。

なんのっ、と今度は両腕を頭の上で組んで、腹筋に力を込める。こちらは、うっすらと十字に割れてちょっとサマになっている。さっきとは別の種の興奮《こうふん》が股間を熱くする。

ノってきたカケルは、少女の後ろで次々にポーズを決めていく。

ダブル・バイ・セップスバック！　サイドトライセップス！　モスト・マスキュラー！

キレテルキレテル！　デカイ！　ナイスバルクッ！（ボディビルの応援団の掛け声）。

「ちょっと、まだ？」前を向いたまま、苛立《いらだ》たしげに聞いてくる。

「ああ、まだまだだ。これくらいじゃこの股間の高ぶりは静まらないぜ」

「なに？　まだ痛いの？」

「ふふっ、そんなところさ」

思いつく限りのポーズを一通り決めたあと、カケルはさらなる刺激を求めてゆっくりと少女へと近づいていった。

カケルの名誉（も糞《くそ》もないが）のために言っておくと、べつにカケルはこの少女のことを押し倒そうだとか、後ろからこっそりぶっかけてやろうだとか、そんな邪《よこしま》なことを考えているわけではない。決してない。これでもカケルは恋愛に関してはピュアなのだ。初体験の時は、合意の上で相手をベッドに押し倒し、服に手をかけたところで「は、恥《は》ずかしいよカケルくん……電気消して……」と赤面されながら言われたいのだ。

ただカケルは——ひとりの男としての尊厳と勇気を証明したいだけなのだ。

たとえその結果、変態や痴漢《ちかん》のレッテルを貼《は》られようとも、後悔はない。

男には負けるとわかっていても闘《たたか》わなければならないときがある。今が、それなのだ。

「ふー……ふー……はー……」息を殺してじりじりと少女に近づく。

そして、一メートル手前まで来たところで、なにを思ったか突然上半身をがばっと弓なりに反《そ》らし、両手を後ろの床につけて体を支えた。

ブリッジである。このまま階段を降りれば映画エクソシストである。

「ふむっ！」

震える上腕二頭筋《じょうわんにとうきん》！　張り詰める広背筋《こうはいきん》！　見るがいいッ！　これがオレの生き様《ざま》じゃッ！

だれかに見られたら、「もういいからお前死ねよ」と言われること必至《ひっし》のポーズである。

「――っ!?」不意に少女が振り返る。

しかしその間際、カケルはがばっと上体を起こし、素早く股間を隠していた。

「きゃあっ!? なっ、なんでこんな近くにいんのよ！ ってかなんでまだ裸なのよっ!?」

「いや、そこのタンスにあるTシャツを取ろうかと。オレっていつもTシャツから着てるんだよね。先にパンツはくと落ち着かなくてっさ。この感覚、わかるだろ?」

「知らないわよ！ いいからはやく服を着てよ！」少女はそう叫んでまた前を向いた。

カケルは言ったとおり、タンスの中からTシャツを取り出して荒々しく袖《そで》を通す。

下半身丸出しでTシャツだけ着た姿というのは大変間抜《まぬ》けだ。そして、その姿を見下ろしていたらレッド・ホット・チリ・ペッパーズの勇姿が思い起こされてきた。カケルはフリチンでエアギターを激しくかきならし、グォー!! と顔をしかめる。

少女のお下げがぴくぴくと触角のように揺れている。どうやら後方から発せられるただならぬ気配に反応しているらしい。訓練すればダウジングよろしく水脈でも発見できそうである。

……ふぅ、もうそろそろいいか。男の尊厳は充分取りもどせた。

エアギタープレイを終えたあと、カケルは満足してトランクスを取りに行った。

いい汗《あせ》をかいた。男としてひとつ大きくなれたような気がする。これぞ益荒男《ますらお》よ。

やり遂《と》げた男の顔で、いそいそとトランクスに足を通そうとする。

――が、左足を入れ、右足も入れようとしたところで、ぐいっと足の指がトランクスに引っかかってしまった。

「おう!?」バランスを崩《くず》し、前方につんのめる。

左足でケンケンして必死に立て直そうとするが、ダメだった。

はっと顔をあげる。

少女の尻があった。

むぎゅっ、と鼻からつっこむ。

「ひっ!?」少女の体がびくんと震え、がばっとこっちを振り向いた。

カケルはバフンと少女の尻に弾《はじ》かれて、床に尻餅《しりもち》をついた。アレをぷらぷら揺らして。

「…………」少女が無表情でこっちを見下ろす。

「ありがとう」しれっと礼を言う。「お前の柔らかい尻のおかげで怪我《けが》をせずにすんだ」

「…………」少女の眉尻《まゆじり》がぴくっと持ち上がった。

「違うぞ」カケルは論理的に説明する。「たしかにオレは、お前の後ろで下半身丸出しでボディビルをした。ブリッジもした。腰を振りながらエアギタープレイもした」

「…………」少女の手がすうっと持ち上がった。

「まて。だがさっきのは故意《こい》ではない。本当だ。お前の桃尻を食ってやろうなどとは全然」

暴力反対。

◇
◇
◇

「……というわけで、あたしはいわば缶の精霊とか妖精とか、そんな感じの存在なのよ。リサイクル工場で何度も破壊と再生を繰り返す内に、魂《たましい》が宿るようになったってわけね」

「………………」

「あんたが自販機であたしを買って口をつけて、それがきっかけで人間の姿になったのよ。だからほんっと不本意だけど、あんたがあたしのオーナーで——なに、なんか文句あるの?」

「……いやさぁ」ずっと無言だったカケルが、胡散臭《うさんくさ》そうに口を開く。

ダイニングの食卓。二人は警戒《けいかい》し合いながら向かい合って椅子《いす》に座っている。

カケルの顔は惨憺《さんたん》たるものだった。顔中が赤紫色に腫《は》れ上がり、左のまぶたは半分ふさがり、鼻血を止めるために鼻孔には大きなティッシュがつめられている。お岩《いわ》さんよりひどい。

「なんつーかさぁ、自分のことを缶だとかさー。カンベンしてくれよっつーかさぁ」

「なによ、あんたまだあたしの話を信用してないってわけ?」

馬さんと鹿さんがごっつんこ☆　合わせて馬鹿♪　みたいな。

少女が柳眉《りゅうび》を吊り上げて、むーっ、と下唇を突き出す。

信用できるわけがなかった。缶の精霊だとか、いったいなんの冗談だよって感じ。

「じゃあ証拠を見せてくれよ証拠ー。お前が缶だっていうさー。また缶に戻るとかさー」

どーせできねーだろうけど。そう高《たか》をくくったカケルだったが、少女はあっけらかんと、

「できるわよ。缶の状態がほんとうの姿なんだから」

「は……?　またまた、そんな反射的な嘘《うそ》をつくとあとが大変だぞ?」

「ほんとうよ！　ここを引っぱればいいのよ！」

ムキになった少女が、食卓に身を乗り出して「これよこれ」と柔らかそうな左耳を示してきた。そこには、薄い金属製の楕円形《だえんけい》のピアスがぶら下がっていた。

「なんだそれ。ずいぶん安っぽいピアスだな」

「ピアスじゃないわ、プルタブよ。いい？　ここをこうやって引っぱれば……」

「いいってもう。べつに嘘ついたことは怒ってないから——って、うぉお!?」

カケルは絶叫した。少女がくいっとそれを引っ張った途端《とたん》、その姿が幽霊のようにすーっと透け、つぎの瞬間空中にあのメロンソーダの缶が出現し、食卓にすとんと着地したのだ。

「な、なんだあっ!?」ががが っ！　と椅子ごと後ずさる。

食卓の下やドアの陰《かげ》などを見てみるが、少女の姿はない。

「し、信じられん。こんな完璧《かんぺき》なバニッシュ（消失）ができるとは……はっ！　まさか奴はデイビッド・カッパーフィールドだったのでは……」

きっと今ごろどこかで両手を広げて「ナーウ！」と叫んでいるに違いない。

『んなわけないでしょ』

「わあっ!?　ど、どこだっ!?　どこにいやがるデイビッド！」

『さっきからずっとあんたの目の前にいるわよ』

「え……これ、なのか？」

少女の声は、食卓の上に立っている缶から聞こえてくるような気がした。

恐る恐る缶を取り上げる。飲み口が開いていて、まだ結構ジュースが残っていた。なにか異常はないかと、カケルは缶をべたべたと触って舐《な》め回すように観察する。と――

『やっ、ちょっと！　ヘンな触りかたしないでよ！』

「うぉっ⁉」思わず取り落としそうになる。

『ちょっと！　落としたらぶっ殺すわよ！　……でもこれで信じる気になったでしょ？』

「い……いや、どこかにスピーカーとかがあるんじゃ……」

『ないわよ。あたしの声って耳から聞こえてる？　あんたにしか聞こえないはずだけど？』

「あ……そういえば」耳からというよりも、頭の中から聞こえてくるような気がする。

「じゃ、じゃあ、お前は本当にあの女なのか？　また元に戻ることとかもできんのか？」

『できるわよ。また人間の姿になるには――』

缶はそこでためらうように口ごもり、それからぼそぼそと言った。

『……あんたが、また缶に口をつければいいのよ。でもそれをしちゃうと』

「マジか⁉」慌てて缶を取り上げ、ジュースを飲むように口をつける。

『ちょ、ちょっとまっ――』

するとつぎの瞬間、缶がすぅっと透け、目前にあの少女が出現していた。

固かった缶の口が少女の柔らかい唇となり、カケルと再びキスをした。

「――っ、これでわかったでしょ！」

すぐさま少女が顔をしかめながら離れる。

カケルはキスに戸惑《とまど》う余裕もなく、よろよろと後ずさってストンと椅子に腰を落とす。

少し遅れて、鳩尾《みぞおち》の辺《あた》りから冷たい恐怖が沸き上がってきた。

こいつ人間じゃない！　缶だ！　缶のバケモノだ！

「お、おいお前っ！　いったいなにが目的なんだ!?」

口の端を引きつらせながら叫ぶ。

「あたしの……目的。それは……」

少女はなにかを堪《た》え忍ぶかのような顔で、言った。

「……人間に、缶のことをもっと大切にあつかってもらうことよ」

「缶の……ことを？」

そう、と言って、少女はリビングに通じる戸を開けて中へと入っていった。カケルが用心深くついていくと、少女は壁際に置かれた胸ぐらいの高さのタンスを見ていた。

その上には、カケルが集めた種々の空《あ》き缶が大小二十個ほども並べられている。

「……あなた、空き缶を集めるのが趣味なの？」

「……まあな。期間限定モノとか捨てるのもったいねーじゃん」

カケルはジュースマニアである。珍《めずら》しいジュースを探したり、ジュースをブレンドしてオリジナルジュースを作ったり、空き缶を集めたりするのが趣味なのだ。

「へえ、そうなんだ」どこか慈《いつく》しむような顔で、缶たちの表面をつつつっと撫でていく。

「………なあ。なんでよりにもよってオレのとこになんか来たんだ？」

カケルの問いかけに、少女は缶に目を落としたまましばらく沈黙した。そして、

「……あなたがオーナーになったのは、ただの偶然よ。たまたまあなたがあたしを買って口をつけたから。……そうだ。あなた、名前はなんていうの？　まだ聞いてなかったわね」

ふいっと缶を撫でる手を止め、少女がカケルの顔を見つめた。

「……カケルだ。大地カケル」憮然《ぶぜん》と名乗る。

「大地、カケル……」少女は詩を口ずさむようにその名を呼び、「……つまんない名前ね」

がくっ。「……喧嘩《けんか》売ってんのかコラ」

「まあいいわ。変態で馬鹿で顔とかもイマイチだけど、でも、あなたが缶のことを大切にあつかってくれてるって知って安心したわ。あなたみたいな人がもっと増えれば、もっと缶のあつかいも良くなるんでしょうね」

ぽいぽいぽい
「……おい、ちょっと待て」少女がしていることを見て、つっこむ。「なんでそう言いつつ、缶をぽいぽい捨ててるんだよお前は」

少女は、え？　ときょとんとした顔になり、

「だってこれ、アルミ缶じゃない」

「いや、答えになってないぞ」

「あたし、スチール缶よ」

「答えになってねえって！　種類が違うんだったら捨てていいのかよ⁉」

「だってむかつくじゃない。缶の種類なんてひとつで充分でしょ？　こんな簡単に潰《つぶ》れちゃうような脆弱《ぜいじゃく》な缶はいらないわ。あたしたちスチール缶だけでいいのよ」

だからコレ捨てといて、とアルミ缶を次々に放り投げてくる。

「それと、これからはあたし以外のジュースを飲むことはゆるさないわよ。いいわね」

「なっ、なんつーワガママな……」自分が良けりゃなんだっていいのかっ！

カケルは啞然憤然《あぜんふんぜん》とし、そこで「ん？」とあることに気づいた。

「おい……『これからは』って、お前ひょっとして……ここに住む気か!?」

「なによ。そんなの当たり前じゃない。あなたがあたしのオーナーなのよ？　あんたじゃなきゃ人間の姿になれないし、活動拠点がないと目的が達成できないじゃないの」

「……マジ、かよ」

どうやらマジらしかった。


美少女と同棲《どうせい》してにゃんにゃんしたいというのは、男の果てしない欲望のひとつであろう。

カケルも無論そうだ。カノジョが欲しいカノジョが欲しいと、親にオモチャをねだる貧しい家の子のようにいつも繰り返していた。青春したい。にゃんにゃんしたい。

で、ついに美少女と同棲することになった。

だが缶だった。顔はかわいいが、その正体は思いっきり無機物《むきぶつ》だった。

微妙きわまりない。よっしゃあ！　カノジョ候補ゲットォ！　とガッツポーズしたいカケルもいれば、缶が相手じゃしょうがねえだろボケ、と萎《な》えているカケルもいる。

その割合は三対七くらいで、後者が勝っていた。その理由は、その少女の性格にあった。

ワガママでどうしようもない。なんでかいつも怒っている。楚々《そそ》とした大人しい女の子が好みのカケルからすれば、ストライクどころかボークである。バッターは得をしない。

そんな少女との共同生活は、戸惑いの連続だった。


缶の少女はいつもぷんぷん怒っているくせに、カケルに飲まれることを望んだ。

「あたしは缶なんだから」というのが少女の言い分だった。わかるようなわからないような。

しかし、それにはひとつ問題があった。

缶に口をつけると、問答無用で少女に変身してしまうのである。

「おい、どうやって飲めばいいんだよ」缶に向かってたずねる。

『知らないわよそんなの。あんたが考えなさいよ』

「っていうかさ、やっぱりお前を飲まなきゃダメなの？　ぶっちゃけすげえ怖いんスけど」

『なによ！　あたしを使ってジュースを飲めることがどれだけ光栄なことかわからないの⁉』

わかれというほうが無理である。こんなぺらぺら喋《しゃべ》る缶で飲めなんて。

カケルは缶をテーブルに置いてしばし考え（ずっと手に持ってると怒り出すのだ）、やがて妙案を思いついて食器棚の中からグラスを取り出した。

「こうやってコップに注げばいいんじゃん。オレマジ天才？」

とぷとぷとジュースをコップに注ぐ――が。

『ちょ、ちょ、ちょっと！　なにやってんのよばかっ！　やめなさい！　はやく！』

えらい剣幕《けんまく》で缶が叫ぶので、カケルは慌てて注ぐのをやめた。

『あんたどれだけバカなのよっ！　あたしは缶なのよ⁉　コップなんかに注いだらあたしの立場がないじゃない！　すこしは考えなさいよ！　ばかっ！』

「わあったわあった！　怒鳴るな！」辟易《へきえき》しながら、カケルはつぎの策を考える。

……そうだ、ようするに口をつけずに飲めばいいんじゃん。

カケルはスプーンなどが入ってる棚を探り、そこからあるものを取り出す。

「ストローで飲めばいいんじゃん。たまに女子とかもやってるし」

『そ、それを入れるの……？』

「これ以外に方法ねえだろ。んじゃ入れるぞ」

カケルはストローを缶の口に差し込んでいく。

『う……』

「おい、大丈夫か？」

『へいき……だけど、なんか、きもちわるい……』

こんな缶を使ってジュースを飲むオレの気持ちにもなってみろ。

ストローを挿《さ》したカケルは、おそるおそるそれに口をつけてちゅーと飲んでみる。

『んっ……！』さっきとは違う、高い声が上がった。

「おい、大丈夫か？」

『なっ、なんでもないわっ。なにもっ』なぜか焦《あせ》ったように答える缶。

カケルは怪訝《けげん》に思いながらも、ちゅーっとジュースを飲んでいく。缶は『んっ、んっ』と耳抜きをするような声を上げている。苦しいのだろうか？

そうやって飲んでいると、カケルはあることに気づいた。ジュースを飲むにしたがって缶の声がどんどん小さくなっていき、気配のようなものが遠ざかっていくのだ。

「お、おい、なんか様子がおかしくねーか？」

『……ジュースが……命の源《みなもと》だから……それが少なくなる……声が……に……』

まるで小人のように声が小さくなっている。

「おいおい！　全部飲んじまったらどうなるんだよ⁉　死んじまうのか⁉」

『平気……よ。その時はまた……同じジュースを補充すれ……ば……』

「そうなのか？　じゃあ全部飲んじまっていいんだな？」

カケルは残ったジュースをちゅーっと一気に吸い上げた。

『…………』缶は沈黙した。数度呼びかけてみるが、返事はない。

カケルは少し慌て、ストローを取って缶に口をつけてみた。が、なんの変化もない。

「……あいつ、同じジュースを補充しろって言ってたな」

ほっといたら化けて出てこられそうだった。しかたなくカケルは財布を手に外へ出た。

新しいメロンジュースを缶に注いでいくと、すぐさま缶の息づかいが聞こえてきた。

『……あんた、あたしが気を失ってる間、ヘンなことしなかったでしょうね』

開口一番、缶はそんな不躾《ぶしつけ》なことを言ってくる。

「ざけんな。ヘンなことってなんだよ。女の姿ならともかく、缶じゃねえかよ」

『それは——その』メロンソーダがシュワシュワと音を立てた。『あたしの口に……あなたの、あのキモチワルイものとかを……』

ズルッとずっこけそうになる。

「ば、バカ野郎！　どどど、どんだけ過小評価されてんだよオレのダディは！」

『まあいいわ。とにかく、ジュースを飲むとき以外はあたしに触らないでよね。あんた缶集めが趣味だし、変態だし、なにをされるかわかったもんじゃないわ』

「……てめえ、オレのことどんな目で見てやがんだよ……」

缶は冷蔵庫で冷やされるのがお好きなようだった。

朝、カケルが学校へ行こうとすると、必ず缶が呼び止めてくる。

『ちょっと。出かける前にあたしを飲んでいきなさいよ』

「あ？　いいよ。遅刻しちまう」

『いいから飲みなさい！　飲まれなかったらあたしが存在する意味がないじゃない！』

すぐにぷんぷんする。下手に機嫌をそこねると、あとでずっとガミガミ言われて頭が痛くなるので、カケルはカラスの行水《ぎょうずい》的に手早くちゅっちゅとストローを吸う。

「じゃな」

『まって。あたしを常温《じょうおん》に置いておく気？』

「チッ、めんどくせーな」百均《ひゃっきん》で買ってきた、液漏《えきも》れを防ぐためのプラスティックのフタを缶に被《かぶ》せてやり、冷蔵庫に半《なか》ば放り込むようにして置く。

『こら！　手荒に扱――』

ばたん！

とシャットアウト。一応、物理的な壁があると缶の声も届きにくくなるらしかった。

学校に行って帰ってくると、またジュースを飲むよう言ってくる。いくらジュースが好きなカケルとはいえ、毎日同じジュースばかりを飲んでいたら流石《さすが》に飽きてくる。

眠る前にも飲むよう言ってくる。歯を磨《みが》いたあとでも遠慮なく。

「もう歯ぁ磨いちまったよ」

『いいじゃない。あたしのジュースで虫歯になったら光栄でしょ？』

「ざけんな。これでもオレぁ虫歯になったことがねえんだ。毎日の丁寧《ていねい》なブラッシングで歯の貞操《ていそう》を守ってんだぞ。傷物になったら責任取ってくれんのかお前」

『まったく、部屋が綺麗《きれい》なこととといい、あんたって意外と几帳面《きちょうめん》よね。バカで変態のくせに。いいから飲みなさいよ。飲まないと叫び続けるわよ』

「ったく……わあったよ」結局いつも最後は缶に押し切られてしまう。ちゅー。

『く……ふ……』

「……どうでもいいけどさ」

　何口か飲んだあと、また缶に蓋《ふた》をかけて冷蔵庫に戻しながら、何気なくカケルは言った。

「朝出かける前と、夜眠る前に飲むのってさ、なんだか夫婦同士の『いってらっしゃい』のキスと『おやすみ』のキスみたいじゃね？」

『はぁ？　なに言ってんのあんた。馬鹿なんじゃない？』

「まったくだな。実に馬鹿馬鹿しいね。じゃあな、朝までたっぷり冷えやがれ」

　ばたん！


　人間の姿になりたいと缶のほうから言ってくることもあった。

　大抵《たいてい》は冷蔵庫で冷えるのに飽きたときで、キスをして人間の姿にさせてやるとすぐにカケルを突き放し、たったたっとリビングに行ってテレビの前のソファにちょこんと座る。

　少女は巨大なハンペンのようなクッションを胸に抱き、その上に顎《あご》を乗せるような格好で、ぬぼ〜っと口を半開きにしてテレビのナイターに見入っている。

「野球のルールなんかわかるのか」ソファの後ろからたずねる。

「わかんない。でもなんだか楽しそうだから。ねえカケル、セリーグとパリーグってなに？」

「センズリ・リーグとパイパン・リーグの略だ」

「ふーん。センズリとパイパンってどういう意味？」

「……やってみるか？」

「え？　ここでできるの？　すぐに？」

「ああ。センズリのほうは慣れてるからな。パイパンのほうは、まあ、お前次第《しだい》ってトコだな」

「へー。でもやっぱりいいや。動くとジュースの消費がはやくなっちゃうし」

　少女はジュースによって人の姿を保っているらしい。ジュースが満タンの状態ならば、平静時に大体三時間ほど少女でいられる。運動すればその分だけ多く消費し、時間も減る。ジュースがなくなると強制的に缶に戻されてしまい、カケルとコンタクトを取れなくなるので、いつもその前に耳のプルタブを引っ張って缶に戻っている。

「なあ。人間たちにもっと空き缶のことを大事にして欲しいって話、どうなったんだ？」

「あっ、ボールが客席まで飛んでったよ。あれが『ほーむらん』ってやつだよね？」

「違う。さっきのはファウルだ。で、どうすんだ？　なにもしてないようだが」

「それは……」少女が口ごもり、「……おいおい考えるわ。おいおい」

　オイオイ、と思わず溜息《ためいき》をつく。いったいなにがしたいんだ、こいつ。

「ま、あたしには清涼飲料魔法《せいりょういんりょうまほう》があるから、それをうまく利用して……」

「清涼飲料魔法……？　あの炭酸のガスが手から飛び出すやつか？」

「ガスのは違うわ。ただ体内の炭酸ガスを掌《てのひら》に集中させただけだもの。清涼飲料魔法っていうのは、ジュースをエネルギー源として使う魔法みたいなもの。攻撃とか、防御《ぼうぎょ》とか」

　さらりととんでもないことを言う少女。カケルは少し怖くなった。

「ど……どんなんだよ」

「口じゃうまく説明できないわ。あたしも知識があるだけでまだ使ったことないから。あっ、またボールが客席に飛んでったよ。真正面だから今度こそほーむらんだよね？」

「…………」カケルは肩を硬直させて少女の背中を見つめた。

この少女のことがよくわからない。すごく妙な、不安な気持ちが湧《わ》き起こってくる。

ひょっとしてこいつ……結構ヤバいやつなんじゃないか？

「あっ！　そうだカケル！　あなたいったいどういうつもりなのよ⁉」

「なっ、なんだ⁉」びくっとなる。

「あたし前に言ったわよね？　アルミ缶は全部捨てなさいって。なのに――」

どうして残ってるのよ、と少女が不満そうにタンスの上の缶コレクションを指さした。

「あ、あれにはいろいろな思い出があるんだ。そんなに簡単に捨てられるか」

「なによ女々《めめ》しいやつね。とっとと処分してよ。むかつくわ」

高飛車《たかびしゃ》に言って、少女はまたテレビに見入った。むかついた。なんでこいつにこんな態度取られなきゃならねえんだ。つーか、缶のくせにナイターなんか見るな。イミわかんねえ。

ふと、カケルはそこである重大なことに気づいた。

「お、おい。そういえばお前って、いつまで生きられるんだ？　精霊の寿命《じゅみょう》っていうかさ」

「あたしの寿命？　そうね……」少女は目線を中空に踊らせ、「ずっとよ。缶が壊れるまで」

愕然《がくぜん》。

この生意気で意味不明なヒトモドキとずっと生きるのか、オレは。

◇◇◇

「はぁ……ったく、どうすりゃいいんだよぉ」

昼休みの教室。カケルは机にがくっと突っ伏して自《みずか》らの運命を嘆《なげ》いていた。

つんつん。とつむじをつつかれる。

「ね、どうしたのカケルちゃん。なんだか最近暗いよ？」

顔を上げると、クラスメイトの天空寺《てんくうじ》なじみがいた。前下がりのボブカットに、白いカチューシャ。いつもきょとんとしたような丸い目。大人しさの中に愛嬌《あいきょう》がある、美人というより可愛《かわい》らしいと表現したくなる顔立ちだ。カケルとは小学三年のときからの幼なじみで、カケルが高校進学の際に上京してきたときにも律儀《りちぎ》にくっついてきた、根っからの腐れ縁だ。

「なぁ、なじみ。もしもさ、お前のトコに命のある——そうだな、藁人形《わらにんぎょう》が来たとしてさ」

「わら人形？　あの五寸釘《ごすんくぎ》を打ちこまれちゃう人形？」

「藁人形のイメージが歪《ゆが》んでる気もするが、まあいい。でさ、その藁人形は顔とかはなかなか良いんだが、いかんせん性格がワガママで自己中のあんちくしょうなんだ」

「ふんふん。あんちくしょう」

「で、お前はそいつにずっとつきまとわれるんだ。一生だぞ？　ずっとそいつと一緒に暮らすんだ。もしもそうなったら、お前だったらどうする？　思い切って捨てちまうか？」

「なんで？　捨てないよ？」なじみは人差し指を頬《ほお》にぷにっと当て、

「だってもったいないもん。もったいないオバケが出ちゃうよ？」

「……すまん。ドケチなお前に聞いたオレが馬鹿だった」がくっと机に突っ伏す。

しかし、もったいないオバケか。実はあいつの正体はそれなんじゃねえだろうな、おい。

◇◇◇

帰宅したカケルは愕然《がくぜん》となった。

ない……あれが、大事に集めてたあれが、ないっ！

カッ、と頭に血が上った。憤然《ふんぜん》と少女を探す。食卓の上に、あの缶がぽつんと立っていた。

カケルは猛然とそれを摑《つか》むと、ぐっと口をつけて無理矢理人間の姿に変えた。

「ちょっとちょっと！　人間にするときはあたしの承諾《しょうだく》を得てからって――」

「オレの集めたアルミ缶、どこへやりやがった!?」

コレクションのアルミ缶が、タンスの上からごっそり消えていたのだ。

カケルの剣幕《けんまく》に少女は一瞬たじろぐが、すぐに腕を組んでふんっと鼻を鳴らし、

「捨てたわよ。なんど言ってもあんたが捨てないから」

「――」

「なによ。文句ある?」

カケルはずんずんと大股《おおまた》で少女に近づくと、問答無用で少女の耳のプルタブを引っ張った。

「なっ、なに」少女の姿が缶となり、声が切り替わった。『なにすんのよっ!!』

「もう絶対にお前なんか飲んでやらん」

凄《すご》むように言って、カケルは缶を取り上げた。ついいつもの癖《くせ》で冷蔵庫のほうに向かってしまうが、あそこはこいつにとっては風呂みたいなものだと思い直し、リビングへと向かった。

タンスの一番下の段を開け、Tシャツを取り出してスペースを作り、その中へ缶を入れる。

『ちょっ、ちょっと! なにす——』

ぱたんっ。と閉め、カケルは夕食の準備を始めた。


それから、タンスの中からなにやら喚《わめ》く声が聞こえてきたのは言うまでもない。

厚いタンスに阻《はば》まれて結構声は小さくなっているが、それでも眠る時などはまだ少しうるさい。CDラジカセで音楽を聴いて紛《まぎ》らわすことにする。

朝起きると、また缶が騒ぎ出した。

『ちょっと! はやくここから出しなさいよ! 温《ぬる》くなっちゃったじゃないの!』

カケルは完璧にそれを無視し、学校へ向かった。

夕方、自販機で買ってきたオレンジジュースを飲みながら帰宅。自宅でくつろぎながら堂々とメロンソーダ以外のジュースを飲めるのは実に気持ちいい。

『ねえカケル。いまならまだ許してあげる。だからはやくここから出しなさい。ね？』

脅《おど》すように缶が言ってくるがもちろん無視し、また音楽を聴きながら眠った。

翌朝起きると、缶は大分弱気になっていた。

『ねえ……怒ったのなら謝るわ。たしかにあなたに無断で缶を捨てたのはやりすぎだったと反省してる。だからお願い、ここから出して』

若干《じゃっかん》心を揺り動かされたが、それでも無視して学校へ行く。

学校から帰ってくると、缶の声は恐怖に近いものになっていた。

『お願い……ここから出して……このままじゃあたし……あたしは……』

カケルは布団《ふとん》を頭まで被ると、いつもよりも音楽の音量を大きくして寝た。

翌朝起きると、缶の口数はめっきり減り、まるで老衰《ろうすい》間際の老人のようになっていた。

『……カ、ケル……カケ……ル……おね、がい、あたしを……飲んで……』

カケルは、学校へ向かった。


「あっ、おはよーカケルちゃん」

教室に入ると、なじみが笑顔でぱたぱたと寄ってきた。

「よぉ、なじみ。この前の藁人形の話、覚えてるか？」

「え？　うん」

「あれな、やっぱり捨てるべきだよな。っていうか捨てた」

「え〜？　もったいないオバケが出ちゃうよ〜」

「いいんだ。一生あんなのにつきまとわれるくらいなら、そっちのほうがマシだ」

カケルはまた机に突っ伏した。そして、思う。

終わるんだ。もうすぐ。すべて。これで良いんだ。満足なんだ——

しかし、長年一緒に生きてきたなじみは、そんなカケルを見て、

「やっぱり……かんたんに捨てちゃだめだよ。だってカケルちゃん、すごく辛《つら》そうだよ？」


アパートに帰ると、缶はもうなにも喋ってはこなかった。

ただ、よくよく耳を澄《す》ますと、ぜーぜーという苦しげな喘《あえ》ぎ声が微《かす》かに漏れ聞こえてくる。

カケルはタンスを開いて様子を見る。缶はやはり一言も喋らない。

恐る恐るつまんで、軽く揺すりながら「おい缶」と声をかける。わずかに反応があった。

『う……カケ、ル……？　これから、学校、いくの……？』

「違う。帰ってきたんだ。どうだ気分は？」

『はぁ……はぁ、はぁ……』

「なんとか言えよ。どうせ演技なんだろ」

『……はぁ、うぅ…………はぁ……』

「なあ」

『…………あ…………う…………は、ぁ……』

「おい。お前、まさか……」ズキリ、と胸がきしんだ。「――マジで、やばいのか？」

気づくとカケルは缶を掴み、その飲み口に口をつけていた。

――って、しまった！　なにやってんだオレは！

咄嗟《とっさ》にとった自らの行動を呪《のろ》うがもう遅い。カケルはさっと身を引いて頭を抱えた。

「く!!　――――……？」

少女が攻撃してくるかと思ったが、なにもない。

怖々《こわごわ》と顔を上げると、少女は床に横たわってぐったりしていた。

「お……おいっ！　いったいどうしたんだよ！　まだジュースは残ってるはずだろ!?」

少女に飛びついて肩を揺さぶる。少女は弱々しい息を吐くだけで答えない。

カケルはにわかに焦りだし、少女の手首を握り、脈拍《みゃくはく》を測ろうとする。長時間常温に置かれていたせいで、少女の体はすっかり温《ぬる》くなっていた。脈は――よくわからない。

「ちっ！　おいっ、これはべつにやらしい気持ちでやるんじゃねえからな!?」

カケルはそう断ると、少女のなだらかな二つの胸の合間に耳を押し当てた。

……聞こえる。とくん、とくんと、ほんの微かに。どうやら体の構造は人間と一緒らしい。

鼓動《こどう》が弱まってるってことは、やっぱりやべえんだ！　いつものこいつなら、オレがこんなことしようものなら、すぐにシュワシュワってなって手から炭酸ガスを飛ばしてくるのに！

「…………まてよ？　炭酸？」ふと気づく。

「ひょっとしてこいつ、ジュースの炭酸が抜けて、それで？」

たしかに、蓋《ふた》もせずに常温でジュースを放置しておけば、数日の内に炭酸が抜けてしまう。少女の髪についたボンボンを見てみると、いつもなら中に満たされたメロンソーダの泡がシュワシュワと立ち上っているのに、いまはそれがなかった。

やっぱそうだ！　でもどうすりゃあ……炭酸を補給すればいいのか？　炭酸は二酸化炭素が水の中に溶け込んだものだ。また二酸化炭素を入れればいいのか？　二酸化炭素といえば……

「息だ。息は二酸化炭素だ。これを吹き込めば――」

カケルは少女の唇を見た。人工呼吸みたいに息を吹き込めばひょっとして……！

――が、そこでふと思う。オレはこいつをどうしたいんだ？

追い出したいのか？　助けたいのか？　一緒にいたいのか？　一緒にいたくないのか？

カケルはしばし真剣に黙考《もっこう》し、

「…………わかんねーや。オレ、馬鹿だし」

取りあえずこいつを助けなきゃと思った。考えるのはそれからだ。たとえ相手がなんであれ、苦しんでる子を放っておくという選択肢《し》は、ハナからカケルの頭にはなかった。

カケルは大きく息を吸い込むと、覚悟を決め、少女の唇に唇を重ねた。

ふぅううっ、と徐々《じょじょ》に息を吹き込んでいく。それに伴《ともな》い、少女の胸がゆっくりと膨らむ。

「――んぅっ」少女が小さく呻《うめ》く。

効果があると信じて何度も息を吹き込んでいくと、徐々に少女の顔に赤みが戻っていき、ボンボンの中のメロンソーダから、またぶくぶくと気泡《きほう》が立ち上ってきた。

嬉《うれ》しくなってちゅぱちゅぱと続けていくと、やがて少女がゆっくりと目を見開いた。

「……はぁはぁ、お？　目を覚ましたか！　どうだ気分は？　ん？　はぁはぁ……」

「――な」

「にぬねの？」定番のボケ。

「なにすんのよ――――――――――――――――――――っ!!」

炭酸ガスで壁まで吹っ飛ばされる。

「あんた馬鹿じゃないのっ!?　ジュースの炭酸が抜けてるだけなんだから、古いジュースを捨ててまた新しいジュースを補充すればいいだけじゃないのよ！」

「あ……そっか」考えてみればその通りだった。

「あ、そっか。じゃないわよ！　ばか！　ばか！　しんじゃえ！」

少女がぽかぽかと殴りつけてくる。カケルはピヨピヨ状態になりながら、古き良き2D格闘ゲームを思い出していた。壁攻めは禁止。マジで。抜けらんねって。

このまま命を獲《と》られることまで覚悟したカケルだったが、少女は不意に攻撃をやめ、くるりとカケルに背中を向けた。そしてそのまま耳のプルタブを引っ張って缶に戻ろうとする。

「ちょっ、なんでまた戻ろうとしてんだよ！」

カケルはふらつく足に鞭《むち》打って少女に飛びかかり、その手を引き留めた。

はっと息を飲む。振り返った少女の目には……涙が光っていたからだ。

「な――んで泣いてんだよお前……」

「なによ……なによなによなによなによなによなによなによバカァ！」

少女が泣きながらばんばんと胸を叩《たた》いてくる。突然の少女の変貌《へんぼう》にカケルはついていけず、ただ呆然《ぼうぜん》とするしかない。やがて腕が疲れたのか、少女はばんばんをやめ、カケルの胸に頭を押し当て、シャツを握りしめてしくしくと湿っぽく泣き出した。

「……なんで」少女が涙声で言う。「なんで、助けたの？」

「なんでって」かろうじて声を絞《しぼ》る。「ほっとけねえじゃん、苦しんでる女の子がいたらさ」

「あたし……あなたにワガママばかり言って……なのに……」

「もういいぜ、そんなことは。お前がいつも飲め飲めって言ってきたのは、炭酸が抜けるとヤバイから早く飲んで欲しかったただけなんだろう？」

「……それは、ちがうわ」少女が首を振り、ふいっと顔を上げた。

「……怖かったのよ、だれからも飲んでもらえなくなることが……」

いじらしく泣きはらしたその瞳《ひとみ》に見つめられ、どきりと胸が高鳴った。

「ずっと……ずっと怖かったの。空き缶になってまた捨てられて、リサイクル工場でスクラップにされてしまうことが……ゴミ扱いされるのが、怖かったの……」

ああ……この子は。

カケルはようやく悟った。

ずっと、寂しがっていたんだ……不安に震えていたんだ……。ジュースを飲み終わったらまた捨てられるんじゃないかと……またスクラップにされてしまうんじゃないかと——

「………大丈夫だ。オレはお前を捨てたりなんかしない」

カケルは少女の肩をそっと抱き寄せた。

「――――」少女が息を飲む。

「お前みたいに可愛いやつを捨てるわけねえだろ？　ずっとここにいたらいい」

少女の顎に手を添え、その桜色の唇に顔を寄せていく。

「ずっとずっとオレが可愛がってやるぜ、子猫ちゃん」

「カケル……」少女の目が嬉しそうに細まる。

――どころか、くわっと見開かれ、

「って、なにカンチガイしてんのよ――――――――――――っ！」

シュワシュワシュワシュワッ、どーん！

「な――んでやね――――ん！」

「あんたスケベなことしか考えられないの⁉　いい⁉　さっきのは人工呼吸！　これまで人間になるときにしてたのも、べつにキスなんかじゃないんだから！　誤解しないでよね！」

「……前言撤回《てっかい》だ。やっぱりこの缶、ぜんっぜん可愛くねえ……」

「あんたが一緒にいたいっていうから一緒にいてあげるけど、ヘンなことしたら殺すわよ！　まったく、あんたのせいで温《ぬる》くなっちゃったわ！　はやく冷蔵庫にいれてちょうだい！」

ぷんぷんしながら少女は冷蔵庫へと向かっていき、そして最後に、

「……………ありがと」ぼそっと呟いて、プルタブを引っ張って缶に戻った。

「………まったく」頭をぼりぼりと掻《か》く。「なんつーワガママな缶だよ、ホント」

思わず頬がゆるみそうになるのを噛み殺しながら、カケルは腰を上げるのだった。

翌朝。カケルは朝食をとりながら向かいの少女に向かって言った。

「そういえばさ、名前がないといろいろ不便じゃねーか？　なにかつけろよ」

「名前？　……そんなの、自分でつけるなんていやよ。あんたがつけなさいよ」

「あー？　オレがつけんのかぁ？　んなこと言われてもなぁ、思いつかねえよ」

「だって一応、ほんとに一応だけど、あんたがあたしのオーナーなんだから」

「うーん………あっ」

「なになにっ？　なにか思いついた？」

「痔助《ぢすけ》ってのはどうだ？　昔飼ってた犬なんだが」

「ざけんじゃないわよ！　っていうか、なにを思ってそんな名前を犬につけたのよ！」

「じゃあどうすんだよ。他の名前なんて──あ」

「今度ヘンな名前言ったらゲンコツよ」

「メロンソーダの缶だから、メロンってのはどうだ？　ちょっと可愛いぞ」

「メロン……」少女は口の中で転がすようにその名をつぶやき、

「……そのまんまの名前ね、あんたの名前よりもひどいわ」

でもま、痔助よりはマシね。そう言って、朗《ほが》らかに笑った。

キラリーン

Akikan! 二日目 少女と制服と巨大冷蔵庫。

大地《だいち》カケルは処女《しょじょ》が好きである。

むしろ処女以外は大嫌いである。

なんなのだ。あの非処女という生き物は。オレ以外の男とねんごろにしやがって。穢《けが》らわしい。話しかけてくるな。見たくもないわ。ハンッ!

よく、『初対面の女性のどこを最初に見るか』という質問があるが、カケルは目でも胸でもなく、真っ先に処女かどうかを見る。どうやって見分けるのか? 簡単である。雰囲気《ふんいき》ですぐわかる。奴《やつ》らは童貞であるオレのことを嘲《あざけ》っている。心の中で小馬鹿《こばか》にしているのだ。

処女以外の女など抱く気にもなれぬわ。むこうから誘ってきてもノーサンキューよ。「非処女でもいい」なんて言ってる野郎っていったいなんなの? 変態なんじゃないの? ぺっ。

というわけで、彼女にするなら断然処女なのである。いつか処女の彼女を作って家に呼ぶつもりである。その時にメロンが人の姿で家にいたら、あらぬ誤解を与えてしまうだろう。

また、その彼女といい雰囲気になって「は、恥《は》ずかしいよカケルくん……電気消して……」となるかもしれない。その時に、缶状態のメロンがぺちゃくちゃ語りかけてきたりしたら興《きょう》ざめなのである。萎《な》え萎えなのである。

　ゆめゆめ、注意して欲しいものである。

「……………」

　――と、いったことを、カケルは身振り手振りを交えてメロンに熱弁した。

　メロンは、のび太《た》に泣きつかれたドラえもんのように白《しら》けた顔でその演説を聴いている。

「――オレさ、処女ってもっと評価されていいと思うんだ。だって、世の乙女たちはみんなオレに抱かれることを夢見て貞操《ていそう》を守ってるわけだろう？　いじらしいじゃないか。なあ？」

「きもちわるいわ」

「うへぇ」

　一刀両断。まっぷたつである。

「ようするになにが言いたいのよあんたは」

「物覚えの悪い缶だな。だからさ、オレが彼女を家に呼んだときは缶になって冷蔵庫の中で大人しくしてろってことだ。わかったかペコカン」

「だれがペコカンよ！　っていうかなによペコカンって！」

　朝。二人は食卓に向かい合って座っている。カケルは食パンにジャムをぬり、ジュースしか口にできないメロンは、肘《ひじ》をテーブルに置き、両の掌《てのひら》を花のような形にしてそこに顎《あご》を乗せている。ここ二週間でこんな朝のやり取りもすっかり板についてきた。

「ま、彼女云々《うんぬん》は冗談としてもだ。学校の連中に見つかったら大変なのは事実だからな。ひとり暮らしだからってんで、たまに学校の連中が押しかけてくることがあるんだよ」

「学校の連中って？　前から気になってたんだけど、学校にはどれくらいの人がいるの？」

「いっぱいだよ。掃《は》いて捨てるくらいな」

「甲子園《こうしえん》球場いっぱいくらい？」

「そんなにいねえけどよ」

「じゃあ横浜《よこはま》スタジアム」

「野球から離れろ」

カケルはそこで壁時計を見て、あっと声を上げた。

「やべっ、もうそろそろ行かねえと。じゃあなメロン。ちゃんと大人しくしてろよ」

カケルはパンを口に押し込んでハムスターみたいになると、鞄《かばん》を手に玄関へと向かった。

「……ねえ、カケル」

とんとんと靴を履《は》いていると、メロンが玄関までやってきた。

「なんだ？　お前を飲んでる時間はねえから――」

「ちがうわよ。その、今日は何時ごろ帰ってくるの？」

後ろで手を組んで、ちょっとばつが悪そうな顔で言ってくる。カケルは部活には入っていないが、運動部の助《すけ》っ人《と》に呼ばれたりするため、帰る時間が日によってまちまちなのだ。

「なんだ、オレがいないと寂しいのか」可愛《かわい》いトコもあるんだな。

「ち、ちがうわよっ！　なんであんたなんかのこと！　調子乗んないでよ！」

顔を真っ赤にして叫ぶ。

「そんなんじゃなくってただ――ヒマなのよ。ひとりで家にいても、なにもやることがないの」

「それを寂しいっていうんだぞ、普通」

「ちがう！　ぜぇったいちがうわ！　あんたなんかいなくてもあたしは野球中継があればいいのよ！　でも昼間ってあまり野球やってないでしょ⁉　だから――」

「わかったわかった。寂しがり屋のお前のために、今日は早く帰ってきてやるよ」

「だからそんなんじゃあ――」

「くくっ、じゃあな。イイコで待ってるんだぞ、さびしんぼ☆」

にやにやしながら家を出る。背中に投げつけられる、メロンの罵倒《ばとう》。

「…………」

タンタンタンとアパートの階段を降りて敷地を抜け、狭い住宅街の道を行く。

数十メートル歩いたところで、なにげなく後ろを振り返った。

古びたアパートが所在なくこっちを見つめている。

その中の、二階の角部屋には――メロンがいる。

ひとりっきりの、メロンがいる。

不意に。

「っ！」

ずきり、と頭が痛み、カケルは思わずそこに手をやった。

二年前に受けた傷だ。髪ごしに触ってももうほとんどわからないが、それでも丸坊主にでもすればきっとそこには何針も縫《ぬ》った痕《あと》が見えるはずだった。

——ひとり。家にも学校にもない居場所。畏怖《いふ》されるコト。人を傷つけたというコト。

自分がわからない。だれにもわかってもらえない。虚像《きょぞう》の英雄。腫《は》れ物。——孤独。

オレが悪いのか？　悪いのはやつらのほうだ！　オレはただ——

フラッシュバックのように、次々に昔の記憶がよみがえってくる。

思い出したくもない、忌《い》まわしい思い出ばかりだ。

「居場所……自分がいるべき、いてもいい、居場所……」

熱にうなされるように、喘《あえ》ぐ。

そう。二年前、カケルは居場所を失った。自分はなにも悪くないのに、悪いものを倒しただけなのに、クラスメイトからも家族からも畏怖され、どこにもいられなくなってしまった。

「メロン……」目を細めて、見えるはずもないその姿を見ようとする。

あいつさっき、絶対不安がってたよな……本当にここにいていいのかって……

そしておそらくは今も。ひょっとしたら、カケルの見ていないところでは迷子の子供のように怯《おび》えているのかもしれない。自分の居場所を探して、思い悩んでいるかもしれない。

「——だったら、作ってやらなくっちゃな、オレが」

居場所を。あのときの自分を救ってくれた、あの彼女のように、居場所を——

◆◆◆

とあるオフィスの一室。

ひとりの男が、本革製《ほんがわ》のリクライニング・チェアにゆったりと腰掛け、黒檀《こくたん》の執務机の上に並べられた何枚もの写真を、微笑《びしょう》をたたえながら眺《なが》めていた。

壁には座布団《ざぶとん》ほどもある大きな壁時計が飾られ、文字盤いっぱいに『男』という一文字が行書体で描かれている。時刻は八時。部屋が薄暗いということは、夜である。

男は、まだ若い。いや、若く見えるといったほうが正しいか。今年で三十五になるのだが、とてもそうは見えない。櫛《くし》で丁寧《ていねい》に額《ひたい》に撫《な》でつけられた長い前髪。細面《ほそおもて》と高い鼻梁《びりょう》に似合う、四角フレームの細いメガネ。上着は後ろのハンガースタンドにかけられ、いまはクレリックシャツにワイン色の長いネクタイを締めている。

ノックの音が二回鳴った。

「失礼します男屋《おとや》さん。先日探知された新しい『アキカン』の発生源がほぼ特定できました」

「そうかね。でかしたぞ愛鈴《あいりん》君」

「木崎《きざき》です。下の名前で呼ばないでください」入ってきたショートヘアの女が冷たく返す。

こちらも若い。まだ大学を出たばかりといった感じだ。フォーマルなグレイのパンツスーツを着ている。開いた胸元にパールのネックレスが光る以外に、これといった装飾品はしておらず、化粧も薄い。真面目《まじめ》なのか、それとも素の自分に自信があるのか。

木崎は、天井中央のシーリングファンの下に立ち、男屋に報告する。

「前にご報告しましたが、新しい『アキカン』のものと思われる『スチール波』を都内の専用パラボラアンテナがキャッチしたのが一週間前。その時は多摩《たま》地区の辺《あた》りであるとしかわかりませんでした。それから調査員をそこへ派遣《はけん》、レーダーを持たせて巡回させ――」

「前置きが長いぞ愛鈴君。結論を言いたまえ」男屋が苛立《いらだ》ったように鼻を鳴らす。

「木崎です。結論を言うと、場所は――」木崎は住所を伝えた。「――アパートのようです」

男屋は腕を組んで、無言で続きを促《うなが》した。木崎は持ってきたファイルに目を落とす。

「アパートは六部屋あり、現在入居数は二つだけ。老夫婦の世帯と、一人暮らしの男子高校生。老人は缶ジュースはあまり飲まないでしょうから、おそらくは……」

「男子高校生だろうな。………あぁ、今から楽しみだなぁ、どんな少年なのだろう」

男屋は陶然《とうぜん》としたように目を細め、手を伸ばして机上《きじょう》の写真をいくつか取り上げた。

「それは……？　アキカンのオーナーたちの写真ですか？」

いまそれに気づいたように、木崎が首を伸ばして写真を見ようとする。

「そう見えるかね」男屋は、若い男性ばかりが写されたその写真群を示す。

「……見えません。オーナーには女性も多く含まれているはずですし」

「では何に見える？　君の思ったままを言いたまえ」

「……男性アイドルのプロマイド写真です。綺麗《きれい》に撮れてますね」

「その通りだよ愛鈴君！　わかってるじゃないか！」

男屋はマジシャンのように手の中で写真群を広げると、そこへ顔を埋めた。

「——あぁ、ハニー！　なんて美しいのだろう！　こうやって頬《ほお》ずりするだけでも達してしまいそうだよ！　君も彼らのカラダを思うがままに蹂躙《じゅうりん》し、悦楽《えつらく》の果てへと誘ってやりたいとは思わないかね！　……おっと、そういえば君は女性だったな。ならば『受け』か。失礼失礼」

「う、受け……？」冷静沈着だった木崎の顔が、ひくっと引きつる。

「君は一体どの男に抱かれたい？　言ってみたまえ！　君とは男の趣味が合いそうだ！」

「っ、今日はもう帰らせていただきます！」

木崎はファイルを机に叩《たた》きつけると、赤い顔を冷やすように早足で部屋を出ていった。

男屋はやれやれと肩をすくめると、叩きつけられたファイルを手に取った。

「まったく、優秀なのはいいんだが、ウブ過ぎるのが珠《たま》に瑕《きず》だな。まさか処女などというつまらないものじゃないだろうね」

男屋はファイルをめくって男子高校生の調査資料に目を通す。

「……大地カケル君、十六歳……か。ふっ、中々生意気そうなそ・そ・る顔をしてるじゃないか。なになに、埼玉《さいたま》出身で両親は健在、中学生の妹が一人、学校は弓月学園《きゅうげつ》………木崎君め、秘書などよりも探偵になったほうがいいんじゃないかね。これじゃプライバシーも何も——？」

面白《おもしろ》い項目を見つけた。大地カケルの、過去に関する情報だった。

「…………ほぅ、そうか。この少年がそうだったのか。なるほどなるほど、興奮《こうふん》してきたぞ」

メガネの奥の切れ長の瞳《ひとみ》が、濁《にご》った輝きを帯びる。

ふしのない女性のような指でカケルの写真を撫でながら、男屋は薄く笑った。

「――くくっ……ぜひとも君と一緒にエレクトしたくなったよ、カケル君」

◆　◆　◆

「メロン、お前学校へ行け」

「はぁ？　なによ急に」

夕食後。なんだか寒気が止まらないので一風呂浴びてきたカケルは、Tシャツとハーフパンツという出《い》で立《た》ちで、頭をタオルでごしごし拭《ふ》きながらメロンに話しかけた。

メロンは、例のごとくテレビの前のソファに浅く腰掛け、クッションを胸に抱いて顎《あご》を乗せ、口を半開きにしてナイター中継をまじまじと見ていた。メロンの好きな阪神が巨人と戦っている。メロンも最近ではすっかりルールを覚え、選手名も言えるようになった。

「学校行けって、もう夜よ。なにか忘れ物でもしたの？」

「ボケてんのかペコカン。学校通えって言ってんだよ」

「だからだれがペコカンよ！　なに言ってんのよ急に！」

「そうか、わかってくれたか。じゃあ早速《さっそく》入学手続きを取るからな」

「まちなさいよ！　なに勝手に話を進めてんのよ！」

カケルはタオルを首にかけて、メロンのとなりに腰掛けた。

メロンはクッションに乗せた顎を突き出して、「むぅ」とジト目で睨《にら》みつけてくる。

「……いいか、メロン」目を合わさずに言う。「学費はちゃんと働いて返すんだぞ」

ばふん！　とクッションで殴られた。

「だからひとりで話を進めないでよ！　なんでもう学校に行くことになってんのよ！」

ばふんばふんばふん、ごつん！　ばふんばふん！

「いてえ！　いま明らかにコブシが混じってたぞお前！」

「説明しなさいよ！　いきなりそんなこと言われて納得できるものですか！」

「ったく、勝手に許嫁《いいなずけ》を決められたお姫さまじゃあるまいし……いいかメロン」

カケルはメロンに向き直って、家族会議の親父《おやじ》のように厳粛《げんしゅく》な顔で諭《さと》す。

「キサマいつまでもそんなニートが許されると思うなよ？　働く気がないなら勉強しろ勉強。一万円札のおっさんも学問をすゝめているぞ。勉強すると一万円札ががっぽがっぽ入るって意味だ。んでもって鶴《つる》のようにオレに恩返しをしろ。むしろ養《やしな》え」

「そ、そんなこと……言っても、あたし、缶の精霊だし……」

ニートという言葉にショックを受けたのか、クッションのはしっこを指でこりこりしながらうじうじしだす。それを見たカケルはチャンスと思い、

「喝《カツ》だァッ!!」

と、どっかの野球評論家のように吼《ほ》えた。

「キサマそこへ直れっ！　背筋《せすじ》を伸ばして歯を食いしばれっ！」

「は、はいっ」

「キサマは一体なんだ!?　もう一度言ってみろ！」

「か、缶の精霊……とか、妖精とか……そんなのです……」

「そうだ！　じゃあお前の目的はなんだ!?」

「人間に……もっと缶を大事にあつかってもらうよう訴えることです……」

「そうだ！　ではお前はいまなにをしている!?　言ってみろ！」

「……ナイター中継を……見ています……」しおしおとうなだれる。

カケルは「そうだッ！」と叫び、人差し指をつきだしてメロンのおでこをグリグリし、

「全ッ然その使命を果たしていないィィイイッ！　遊んでばッかりだメロォオオンッ!!」

いまにもスタンド能力でも発現せんとばかりになじる。

メロンは仰《の》け反《ぞ》りながら、「うぅっ……」と呻《うめ》くしかできない。

「だからッ！　オレはキミをッ！　学校へ通わせるッッッ！　たくさん勉強をして！　立身出《りっしんしゅっ》世《せ》しッ！　たっぷりオレに恩をッ！　返して欲しいと思っているッ！　わかったかッ!?」

「う……わかり、ました……」塩をかけられたナメクジのようにしゅんとなる。

カケルはそれでようやく攻勢の手を止めると、ふぅと息をはいた。

「…………ねぇ、カケル。それはわかったけど……」

メロンは眉《まゆ》をハの字にしてカケルを見上げ、控《ひか》えめにいった。

「入学手続きとかはどうするのよ。あたしの正体をバラすわけにはいかないでしょ？　親も戸籍もないんじゃムリなんじゃないの？」

「——ふっ、そんな心配をする必要はない。オレ様を誰だと思っている」

左手をフレミングのあの法則の形にして顎に当て、ニヒルに笑う。

「オレ様は多摩地区一帯から『弓月《きゅうげつ》のダニ』——じゃなかった、『弓月のダミアン』と恐れられる大地カケル様だぞ！　オレがちょっとカマシをかけりゃあ、学園長だろうが総理大臣だろうが思いのままよ！　アーッハッハッハッ！」


翌日。まだホームルーム前でざわつく一年C組の教室には、

「どうかっ！　どうかお願いしますなじみ様っ！」

幼なじみの前で土下座《どげざ》する、勇ましいカケルの姿があった。

「へ？　え？　ちょっ、ちょっとまってよカケルちゃん。もっとくわしく説明してよ！」

黒板に日直の名前を書いていたなじみが、黒板消しを持ったままおろおろと狼狽《うろた》える。

「……おい、大地のやつはなんで天空寺《てんくうじ》に土下座してんだ？」「ヤらせてくれって泣いて頼んでるらしいゼ……」「うわっ、きもっ！　天空寺さんも大変ね……」「男の風上《かざかみ》にも置けねえ野郎だな」「死ねよ」「……そうね、なんであんなのが生きているのかしら」

クラスメイトたちがひそひそと噂《うわさ》しあう。……お前らあとで覚えておけよ、と思いつつも、

カケルは耐え難きを耐え、忍び難きを忍び、玉音放送《ぎょくおん》を聞く民衆のごとく土下座を続ける。

「かっ、カケルちゃん！　頭をあげてよっ！　みんな見てるよっ！」

なじみは真っ赤になってあたふたと手を振る。黒板消しを持ったままなので、チョークの粉が飛んでカケルの頭に霜《しも》を降らせる。指先から白い粉を出すアフロの予言者のようだ。

「お願いします！　海外で暮らしていたオレのいとこが日本に帰ってくるんです！　でも、いまのオレの経済状況ならびに社会的身分ではそいつを学校へ通わせることができません……！どうか、天空寺様のお力添えでそいつを学校へ通わせてやってください！」

なじみの父親は、スカイエアーグループという航空会社の総帥《そうすい》で、つまりは大金持ちなのである。当然、一人娘が通うこの弓月学園にも多額の寄付金を払っており、その影響力はきわめて大きい。それに頼ればあるいは——とカケルは思ったのである。

「どうかっ！　なじみ様の命令ならばなんでも聞きます！　あなたの下僕《げぼく》になります！　犬になります！　足の指でも使用済みナプキンでもぺろぺろ舐《な》めます！　わうわうっ！」

「い、言うことなんでもきいてくれるの……？　カケルちゃんが？　……ふふ、ふふふっ」

なにを妄想《もうそう》しているのか、なじみの目の焦点《しょうてん》がずれ、とろんとなる。口元にはいやらしい笑みが浮かび、脱力しているのか、手から黒板消しが落ちてカケルの頭にぼふっと直撃した。

「……おい、天空寺もやばいぜ」「ぜってえヤバイ妄想してるって」「なにげにSだぞありゃ」

「あいつの家、金持ちらしいし……」「女王様か」「将来悪い女になるわよあの子……」

評判がた落ちである。

はわわっ
カケル
ちゃん
なじみ
言いな
はぁ
はぁっ

カケルはチョークの粉を浴び、さながら燃え尽きた矢吹丈《やぶきじょう》みたいになりながら、

「………それで、いかがでしょうか、なじみ様。考えてくださいますでしょうか……」

「……はっ！　え、えとねっ」ようやくなじみが正気に返る。「パパにお願いしてみる。カケルちゃんのお願いなら、たぶんOKしてくれると思うよ？」

「そ、そうか！　ありがとう、なじみ！」

「んふふっ、いいよべつにぃ。じゃーあ～、お礼になにをしてもらおっかなぁ～」

「うっ……」なじみのにこにこ顔が怖い。

「んー、それじゃあねぇ……そうだっ」ぽんと手を叩き、なじみは朗《ほが》らかに言った。

「学食！　学食一食分おごって！」

「が、学食～？　なんだ、そんなのでいいのか？」

「だってなじみ、カケルちゃんになにかをおごってもらったことってないんだもん」

「あ……？　そだっけ？　つーか、金持ちなんだからおごってもらう必要ねえだろ」

「そんなことないですよーだ。月にもらうおこづかいは決まってるんだから。じゃ、約束だよ？　その子がちゃんと入学できてからでいいから。ね？　カケルちゃん」

「……ったく、わかったよ。おごってやるよ」

「やった～！」

なじみは飛び上がらんばかりにはしゃいだ。

……そんなに一食分浮くのが嬉《うれ》しいのか。卑《いや》しいやつめ。などとカケルは思ったが、ともか

くこれでメロンが入学できる可能性が開けたため、気分は上々だった。

◇　◇　◇

「ハッハー！　喜べメロン！　オレ様の圧倒的迫力に学園長はちびりそうだったぜ！」

部屋の玄関を開きざま、カケルはハイテンションで叫んだ。

「お前にも見せたかったぜ！　オレがバタフライナイフをチャカチャカさせながらスティーブン・セガールばりにアンニュイな顔でロッキーのテーマを口ずさみながら熊《くま》の彫刻を彫《ほ》ってやったら、あのハゲ一週間お通じのない更年期障害のババアみたいな顔で腰抜かしやがった！」

スニーカーを脱ぎ捨て、どたどたと冷蔵庫まで駆け寄り扉を開ける。

「おいメロン！　聞いてんのかよ！」缶状態のメロンをむんずと掴《つか》む。

『……うるさいわね、聞こえてるわよ』

「どうするよ⁉　もうじきお前も華《はな》のジョシコーセーだぜヤッホホーイ！」

蓋《ふた》を取り、踊るような調子でぐびっと一口。

『ちょ、ちょっとぉ――！』

メロンが抗議の言葉を言い終わる前に、その缶の体がすぅっと消える。

冷たく固い缶の感触から、柔らかい女の子の唇《くちびる》へと変化。キス。

「――もうっ、勝手に口つけないでって言ってるでしょ！」

慌《あわ》てて唇を引き、メロンが赤くなりながら怒鳴る。カケルはそれに構わず、

「そんなことよりさ！　上手《うま》くいけば数日中に入学許可が下りるはずだから、それまでにちゃんと準備しとけよ？　ところでお前って勉強どれくらいできるんだ？」

「……さあ。わからないわ」

「わからないってなんだよ。自分のことだろ？」

「だってあたしは精霊だもの。勉強なんかする必要ないわ」メロンはむすっとした顔で呟《つぶや》いた。「そんな、人間みたいなこと……」

「おい、なに怒ってんだよ。ひょっとしていまのキスで図《はか》らずも感じちゃったとか？」

「ざけんじゃないわよ！」

がーっ！　とすごい剣幕でメロンが怒鳴る。その体からあふれ出た炭酸ガスがカケルの前髪を爽《さわ》やかに持ち上げた。

「なんだよ、ひょっとして学校のことで怒ってんのか？　行きたくないのかよ学校」

「だって！」メロンは高ぶる感情を押し殺し、「……あたしの使命は、そんなことじゃない。むしろ、なんであたしをそんなに学校に行かせたいのかがわからないわ。たしかに、なにもしないのにここに置いてもらってるのは悪いかもしれないけど……」

メロンは本気で言っているようだった。カケルは少し呆《あき》れた。

ったく、こっちは幼なじみに土下座までしてるっつーのに、こいつときたら……

「おい、よく聞けよペコカン」

がつん！　と無言で頭を殴られる。

「確かにな、お前はすぐ怒るし家事もしないでナイターばっかり見てるしメロンジュース代もバカにならねえし顔はまぁいいとしてもペチャパイだ」がつん！「殴るな。それで、まぁ、確かに昨晩言ったことも半分くらい本当で、お前がその薄っぺらい胸と尻《しり》を振ってロリコンオヤジ相手に援交でもして金を稼《かせ》いで、オレを養ってほしいという気持ちはある。だがな、それだけが目的じゃねえんだぞ？」げしっ！「蹴《け》るな。援交でもして」

カケルはじんじん痛む頭と尻を撫でながら、ちょっと間《ま》を置いた。

「……わかるか？　メロン。オレの言いたいことが」

「？　ごめん、叩くことに夢中でよく聞いてなかったわ」

がくっ。「…………てめえ、ホワイトデーのごとく三倍返ししてやろうか」

「要するになんなのよ。結論を言ってよ結論を。遠回しだわ」

あんまりな言い分に、カケルは口角泡《こうかくあわ》を飛ばして激高する。

「察しろよ！　わかれ！　普通の日の晩飯にお赤飯が出たら、妹が所長《しょちょう》に就任されたことがわかるだろ！　そんな感じで察しろ！　みなまで言わせるな！　みなまで言わせるな！」

「なんで二回くり返すの」

「いや、なんとなく言ってみたら面白かったから……じゃなくってだな！」

――ぴーん、ぽーん……

その時、部屋のチャイムが鳴った。

二人は顔を見合わせる。時刻は六時過ぎで、外はもう薄暗くなっている。

毒気を抜かれたカケルは、メロンをリビングに押し込んで、やれやれと玄関に向かった。

「はいはーい。どちら様っすかー？」

チェーンロックをした状態で、カケルがドアを十センチほど押し開ける。

「新聞とかの勧誘ならお断りしま——」

絶句した。

男がいた。

どこか、禍々《まがまが》しさを感じさせる笑みを湛《たた》えた、男がいた。

やばい、と第六感が告げた。

「君が、大地カケル君だね。写真で見るよりずっと可愛い顔だ」

男はカケルを見下ろし、粘り着くような声で言った。

全身が総毛《そうけ》立《だ》ち、鼓動《こどう》までもがすくみ上がった。

数年ぶりに感じた、身を引きさかれるような恐怖に金縛《かなしば》りにされる。

男は、心底《しんそこ》愛おしそうに目尻《めじり》を下げると、

「……可愛い奴め。キスをしてあげよう」

んー、と唇を寄せてき——

「う、うわあああっ!!」

強引に金縛りを解き、ノブを思いきり引く。

ドン！　とドアが閉まり、勢いがつきすぎて玄関に尻餅《しりもち》をつく。

すぐに外からドアが開かれ、チェーンロックの隙間《すきま》から男が覗《のぞ》く。

「危ないじゃないか。顔を挟《はさ》んでしまうところだったよ。男は顔が命なんだ。気をつけてくれたまえ。さぁ、ここを開けてくれないか。話があるんだ。さぁ、さぁさぁさぁ！」

ガチャガチャガチャガチャガチャガチャ！

さながらホラー映画のように、男が爛々《らんらん》と目を光らせる。

「ひぇやぁあああああっ！　メロ――――ン！」

腰が抜けたカケルは、四つんばいでゴキブリのようにダイニングへと逃げていく。

叫び声を聞いたメロンが、「どうしたの⁉」とリビングから出てくる。

「開けてくれたまえ、開けてくれたまえよ！　怖がることは何もないよハニー！　私は女には厳《きび》しいが男には優しいということで有名なんだ！　アーッハッハッハ！」

後ろでは男が高笑いを上げながら一層ドアをガチャガチャさせる。

――お、おおお落ち着け！　落ち着くんだオレ！　チェーンロックがあれば大丈夫――

「ふむ。開けてはくれないか。では仕方ない。やりたまえ愛鈴《あいりん》くん――」

「木崎《きざき》です」

バチンッ！　……ギィィィ……

「なぬっ⁉」慌てて振り返る。

女が剪定《せんてい》バサミのような工具でチェーンを切り、ドアを開けていた。

「どうしたのカケル！　あいつら何者⁉」

「あわわわわわわっ‼　入ってくる！　入ってきちゃう――――っ！」

涙目でダッコちゃん人形のようにメロンの足にすがりつく。

「きゃあっ⁉　なにすんのよ！」ごつん！

「馬鹿ッ！　そんなこと気にしてる場合かっ！　入ってきちまうって！」

「フフフッ、挿《い》れるのはこれからじゃないかハニー」

男が両手を広げながらゆっくりと部屋に入ってくる。その後ろに女も続く。

「あ、あんたたちだれ⁉　あたしたちにいったいなんの用⁉」

「ふむ。君がカケル君の『アキカン』か。いったい何のジュースの缶なんだね？」

男が、さらりと言う。メロンの顔が驚愕《きょうがく》に彩《いろど》られる。それはカケルも同じだった。

――こいつ、メロンの正体を知っている⁉

「お前！　どうしてメロンのことを知ってんだ！　何者だ！」

未《いま》だメロンの足にしがみついたまま、引きつった叫びを上げる。

「おっと、これは失礼。私は――」

男がゆっくりと歩み寄ってくる。

そしてカケルの前に跪《ひざまず》くと、内ポケットからあるものを取り出してよこしてきた。

名刺だった。

はぁーっ
はぁーっ
どゎゎっ
うき
あぁぁ
ぁぁっ

【経済産業省　産業技術環境局　規格統一課担当　参事官
男屋《otoya》　秀彦《hidehiko》
TEL（規格統一課）03―3501―××××
TEL（携帯）080―××××―××××
Mail:h_otoya@×××.go.jp】

「そう。ただの国家公務員さ。どこにでもいる、ね」

カケルが名刺から顔を上げると、その男――男屋《おとや》秀彦《ひでひこ》はにこりと爽やかに微笑《ほほえ》んだ。

「経済……産業省だって……？　じゃああんたは」

取りあえず、突然の来訪者二名を食卓の椅子《いす》に座らせた。

カケルとメロンは、警戒《けいかい》を続けたまま二人の対面に腰掛ける。

こいつはメロンの正体を知っていた……なにが目的なんだ……？

男屋は、まるで自分の家でくつろぐかのように悠然《ゆうぜん》と背もたれに体重を預けている。

「おもてなし有り難う、カケル君。チェーンロックを切ってしまって悪かったね。だが世の中には公務執行妨害《こうむしっこうぼうがい》というものがあってだね」

「オレにキスしようとするのが公務なのかよ」

「軽い挨拶《あいさつ》さ。そんなに怒ることないだろう？」余裕げにふんぞり返る。

「……お前、あれか。ひょっとしていわゆる一つの同性愛者ってやつか？」

「ほぅ、よくわかったねカケル君。ひょっとして君もそうなのかい？」

「んなわけあるかっ！　もういい！　用件を言えよ！　なんの用なんだよ！」

「ふむ。ではまずは私たちの仕事について説明をしよう」

――経済産業省《けいざいさんぎょうしょう》　産業技術環境局《さんぎょうぎじゅつかんきょうきょく》　規格統一課《きかくとういっか》。

あらゆる無駄をなくし、コンパクトかつ効率的に経済推進を行おうと叫ばれる昨今、規格の拡散による経済ロスや混乱は決して無視のできるものではない。たとえば、次世代DVDの規格や、携帯電話の電磁波、交通機関などで使うICカードなどの工業規格、あるいは同じような業務内容の部署や、一つの仕事を二人で行うような、ソフト面での無駄――

規格統一課は、日本工業標準調査会（JISC）や他の省庁とも連携《れんけい》し、それら不必要に肥《ひ》大《だい》した様々な規格や、断片化してしまった公共団体の部署や事業を統一し、すっきりと整理することを目的に数年前の中央省庁再編の際に創設された。

「もちろん、やりすぎてしまうとあぶれた職員の問題や、競争原理が働かなくなるという危険性もあるんだがね。だが、親方日の丸に堂々と介入《かいにゅう》してもらって、抜本的《ばっぽんてき》に構造改革をして欲しいと思っている民間企業も意外と多いのだよ。ま、昔の護送船団方式の弊害《へいがい》さ」

そして、彼らが目下取り組んでいるのが、ドリンク缶の素材の統一――つまり、スチール缶とアルミ缶のどちらかをなくし、一つの素材だけを政府公認の缶とするということだった。

「缶の素材の統一……」メロンが呆然《ぼうぜん》と呟く。

「ところがこれが難航してね。そりゃあ、数十年にもわたって両方の缶が成立してきたのだから、どちらの製造メーカーやリサイクル工場も必死さ。でもね、どちらかの缶のみに統一すればもっとリサイクルや製造に要する費用が安くなるし、なくしたほうの素材を別の工業品のために使えば、さらに効率が良くなるだろう？　馬鹿にされがちだが、実は空き缶というのはダイヤの原石みたいなものでね。戦後日本の工業大国化は、空き缶なしには語れない」

「ちょっとまってよ」たまりかねたようにメロンが口を挟んだ。「そのこととあたし、どう関係があるのよ？　そもそもあなたたちはいつ缶の精霊のことを知ったの？」

「アキカンのことを知ったのは——あぁ、君たちのことを私たちは『アキカン』と命名したんだ。おっと、怒らないでくれよ。悪気はない。時たまいるんだ。この名前で呼ぶと怒り出すのがね。政府がアキカンの存在を知ったのは、今年の一月のことだ」

「ちょ、ちょっと待て！　君たちってことは、他にもメロンみたいなのがいるのか⁉」

「いるとも。私たちの調べたところ、どうやら去年の暮れ辺りからなぜかアキカンが急増したようだ。私たちはこれを『缶ブリア爆発』と呼んでいる。本来なら、政府はそんなオカルト現象はUFOと同じように無視するんだが、なにぶん数が増えすぎたものでね」

で、私たちがその調査をやっているのさ、と男屋は言った。

「わかったようなわからんような……ところで、どうやってそのアキカンを発見するんだ？」

「これでも相当噛みくだいて話してるんだがね。まあいい。アキカンを発見するには、少女化《ガーリッシュ》する際に発せられる電磁波を受信する装置を使うんだ」

「ガーリッシュ？　缶の状態から人間になることか？」

「そうさ。私が命名したのだよ。『少女のような』という意味のファッション用語さ。女の子みたいな格好《かっこう》をした男の子を食べるのが最高に好きなものでね」

鼻白《はなじろ》むカケルとメロン。そして縮《ちぢ》こまって顔を赤らめる秘書の木崎。

「さて話を続けよう。理屈は不明だが、少女化《ガーリッシュ》の際に一瞬だけ強力な電磁波が発せられるらしい。アキカンの材質によってスペクトルが違い、私たちはそれらを『アルミ波』と『スチール波』と命名して、国立天文台などに専用のパラボラアンテナを設置して観測を始めた」

そこで男屋は上着のポケットの中からあるものを取り出した。十五×十センチほどの、縦長《たてなが》の液晶画面と複数個のボタンのついた、携帯用ゲーム機のような機械だった。枠《わく》には、日本最大の巨大コンツェルン『森中《もりなか》グループ』のロゴがレリーフされている。

「パラボラアンテナは、探知できる範囲が広い分、おおよその場所しかわからなくてね。そこから先はこのレーダーを使う。これは民生用レーダーを改造したものでね、『アルミ波』か『スチール波』のどちらか一方の電磁波をキャッチするアンテナがついているんだ」

男屋は液晶画面を二人に示した。ここら一帯の地図が表示され、このアパートのところに赤い印《しるし》が点滅していた。

「ただ、これはまだまだ試作機でね。半径三キロ圏内で発生した電磁波しか表示されないし、少女化《ガーリッシュ》した時点での位置しかわからないから、その後移動されたらあとを追えない。だから、パラボラアンテナでおおよその地域を把握《はあく》したあと、そこへレーダーを持った調査員を派遣して、また少女化《ガーリッシュ》してくれる時をじっと待つのさ。——ふぅ、疲れた。何か飲むものないかね?」

カケルは仕方なく冷蔵庫からメロンソーダを出して男屋の前に置いた。

「有り難うハニー。なるほど、そこのアキカンはメロンソーダの缶というわけか」

「誰がハニーじゃボケ。もういいだろ。本題に入れよ。あんたらの立場とアキカンのことはわかった。んであんたらの目的はなんなんだ? メロンを奪い取りにでも来たのか?」

刺々《とげとげ》しさを隠そうともしないカケルに、男屋は悠然とメロンソーダをあおぎ、答えた。

「——君たちにアキカン・エレクトに参戦して欲しいのだよ」

「アキカン……エレクト? なによエレクトって」

「ま、まてメロン。オレの英語能力が確かなら——」カケルは恐る恐る続けた。「——エレクトって確か『勃起《ぼっき》』のことでは……」

…………………。場が静まりかえる。

「カケル……あんた、こんなときにふざけて……そんなにゲンコツ食らいたいの?」

「ちげえよ! マジだってば! 『erect』って勃起なんだってば! そうだよな!?」

「なにを言っているのだね君は。エレクトは『elect』、つまり『選ぶ』という意味だよ。まったく、婦女子を前にして……そんなに欲求不満なのかね」

「てめえ! そこはオレを擁護《ようご》しろよ! 都合の良いときだけ紳士ぶるんじゃねえよ! おい! そこの秘書! エレクトって勃起って意味だよな!? 勃起だよな!?」

「……さ、さぁ。わかりません。なにぶん、英語は苦手ですので……」

目を伏せてぼそぼそと答える。

「木崎君を困らせるなよカケル君。彼女は私たちとは違い、至《いた》って普通の性癖《せいへき》なのだから」

「私たちってなんだよ!? オレを仲間に入れてんじゃねーよ！」

立ち上がって激高するカケルをさらりと受け流し、男屋は続ける。

「さて説明を続けよう。さっき私たち規格統一課が、缶素材の統一を目指していてそれが難航していると話したね？ そこで――君たちアキカンたちに決めて欲しいのだよ」

「あたしたちが……？ 他の……その、『アキカン』と話し合いでもしろっていうの？」

アキカン、という単語に戸惑《とまど》いながらメロンが聞く。

「話し合いで解決するかね？ スチール缶とアルミ缶は仲が悪い。いわば自分たちの存在に関《かか》わることを穏便《おんびん》に話し合えるとはとても思えない。そこで、だ」

男屋はメガネをくいっと押し上げ、にやりと笑った。

「――君たちに、戦って決めて欲しい。最後に勝ち残った側の缶を、政府公認の缶とする」

「――――」メロンが息を飲み、

「ふっ……」カケルが目を白黒させながら身を乗り出した。「ふざけてんじゃねえぞお前！」

「ふざけてなんかないよ私は。考えてもみたまえ。缶の精霊がいるのだよ。人間が決めるよりも、彼らに決めてもらったほうが自然だし、その権利があるとは思わないかね？」

「そんなこと……！」カケルは叫ぼうとするが、男屋は勝手に続ける。

「ルールは簡単さ。スチール缶陣営とアルミ缶陣営に分かれて、清涼飲料魔法などを駆使《くし》して戦うだけだ。一匹狼で戦うのも、仲間のアキカンと共闘するのも自由。アキカンとなるのは一種類のジュースにつき一人だけということは知っているかね？　全部の缶を足しても、それほど数は多くないはずだ。私たちが持っているレーダーを渡すからそれで敵を探して――」

「待てよ！　そんなことやるわけねえだろ！　馬鹿かお前は！」

「――そこのメロン君も同意見なのかね？」

「え……？」カケルは横のメロンを見る。

メロンは、カケルが気圧《けお》されるほど真剣な表情で男屋の話を聞いていた。

「……男屋、といったかしら。一つ聞くわ。そのエレクトをして缶の材質が統一されれば、もっと空き缶を大事にしてもらえるのね？」

「その通りだよ。そのために統一するのだからね。二種類の缶があるために発生する余剰《よじょう》コストは計り知れない。それらが浮くし、もっとリサイクル率も上がる。分別する必要がないから各自治体ももっと回収に積極的になるし、国民の缶に対する意識も変わる」

「だったら――」

「駄目だ！」

ドン！　と拳《こぶし》を食卓に叩きつける。

「そんな怪《あや》しい戦いにメロンはやれない！　帰ってくれ！」

「カケル……」

「怪しいとは心外だな。さっきも言ったろう。これは歴《れっき》とした缶の素材を決める――」

「怪しいんだよ。そもそもなんでわざわざアキカン同士を戦わせる必要があんだよ。たかだか缶の素材を統一するために国がそんなことやらせる意味がわかんねーよ」

「……私たちの素性《すじょう》を疑っているのかね。私は確かに産業技術環境局の参事官で――」

「そこも怪しいんだよ。前にドラマで見たけどよ、参事官ってのは結構偉いんじゃねえのか？　お前みたいにまだ若いやつがなれるもんなのかよ」

「若いと言ってくれて嬉しいよカケル君。私は課長級分掌《ぶんしょう》職と呼ばれる参事官でね。所轄《しょかつ》事務が明確に決まっていない、まぁ局内の何でも事務屋みたいなものでね――」

すらすらと台本でも読み上げるように素性を語る男屋。信用は、できない。

「帰ってくれ！　アキカン・エレクトをやるつもりはまったくないっ！」

「どうしても駄目かね」男屋は顎の下で両手を組み、ぎらりと目だけを上向かせ、「惜《お》しいな。君だったら上手くやれると思うのにな、大地カケル君」

「な――に？」思わず一歩後ずさる。「お前……まさか、オレのことを……」

「悪いが調べさせてもらったよ」

男屋が、笑う。唇の端を吊《つ》り上げて、邪悪に。

「大層な活躍だったそうじゃないか。私もテレビで見ていたよ。二年前のあの」

「――出て行け！　早く!!」

血走った目で猛然と睨む。

それを受け、男屋は恍惚《こうこつ》と目尻と口元をほころばせ、

「……ああ、なんていい目なんだ……ふふ、ま、今日のところはこれでお暇《いとま》することにするよ」

そう言って、木崎とともに席を立ち、玄関から悠然と去っていった。

カケルはしばらく険呑《けんのん》な目つきで玄関を睨みつけていた。

「カケル……」

「……絶対に、だめだぞ。戦いなんて、そんな馬鹿げたこと……!」

◆◆◆

もうすっかり夜になっている。国道の両端に無数に設置された街路灯が、チョウチンアンコウの発光器のように不気味に輝いていた。

「……よかったんですか？　男屋さん」運転手の木崎が口を開いた。

「何がだね」男屋は後部座席から眠たげな声を出した。

「大地カケルとメロンソーダのアキカンのことです。あんなに簡単に引いてしまって」

木崎はドライビングポジションに気を遣《つか》いながら、バックミラーをちらりと見た。

男屋は足を組み、頭の後ろで手を組んで、満足げな顔で目をつむっている。

「いいわけない。いいわけないさ。彼らには何としてでも参戦してもらわなくてはね」

「ではどうして……むっ」車が揺れた拍子《ひょうし》に、胸の谷間に通したシートベルトが変な風《ふう》にロックされた。「……ではどうしてそんなに嬉しそうな顔を？」

「私が嬉しそうにしている時は一つしかないだろう？　カケル君が予想以上にいい男だったからさ。ククッ……是《ぜ》が非《ひ》でも一緒にエレクトしたくなったよ」男屋は大声で痛快そうに笑い、

「大丈夫さ、もう策は考えてある。カケル君もメロン君も絶対に必要だ。そう――」

男屋はメガネを外し、ツルの端を甘く噛《か》みながら陶然と言った。

「――我々の真の目的、【インテリジェンス・ポート計画】、略してインポ計画のためにもね」

木崎はロックされたシートベルトをいじる手を止め、真剣な声で言った。

「……男屋さん」

「なんだね？　愛鈴君」

「木崎です。そのイン……計画っていう略語、いい加減やめてくれませんか？」

◆◆◆

五日後の、
一年C組の教壇には、

「……デンマークから日本にやってきた、大地メロンです」

どこか窮屈《きゅうくつ》そうに制服を着た少女が、ぼそぼそと挨拶《あいさつ》をしていた。

「え、えっと……」

背後の黒板には、絡《から》まったイヤホンのコードみたいに下手な字で『大地メロン』と書かれ、

四十人分の熱い視線がメロンひとりに注がれている。

カケルは最後列の窓際の席で腕を組んで、その光景を感慨《かんがい》深く眺《なが》めている。

これから、華の女子高生として生きていくんだ、メロン。

ここがお前の居場所になるんだ。もう、ひとりでいなくてもいいんだ。

カケルはうんうんと頷《うなず》くと、となりの席のなじみに声をかけた。

「お前のおかげだ、なじみ。サンキュな。……どうした、なじみ?」

「えっ? ううん、べつに……」なじみは複雑そうな顔でメロンを見ている。

「あー、授業料とかに関してだったらあとで必ず働いて返すから——」

「ちがうの。カケルちゃんのいとこが、あんなかわいい女の子だって知らなかったから……」

「あん? おいおい、ひょっとしてお前、メロンを見て胸きゅんとかしちゃったりしてんのかよ。レズの東風《こちかぜ》みたいにならねえでくれ」——ひゅん!「……よ?」

前髪をかすめるように、なにかが高速で目の前を通過した。

かんっ、と左横から音がした。見ると、一枚のトランプが窓に当たって跳《は》ね返っていた。

トランプはクラブのエースで、余白のところに、

【ボクはレズじゃない。今度言ったら魔女の名においてその目を切り裂く】

と赤いインクで血文字のように書かれていた。

「………」怖々《こわごわ》と右を向く。

七席分離れた、逆端《ぎゃくはし》の席に座る少女が、頬杖《ほおづえ》をついてこっちを睨んでいた。

自称、なじみの『恋人』、東風揺花《こちかぜゆりか》だ。癖《くせ》のないセミロングの髪に、太いフレームのメガネをかけた、猫のような目。口元にはいつもニヤニヤ笑いが浮かんでいる。なにげにグラマー。奇術部に所属しており、自分のことを『魔女』とか抜かしているヘンな女である。なじみのことを好いてはいるが、レズではないというのが彼女の普段からの言い分であった。

っていうか、あいつが投げやがったのか……？　教室の端から端まで？　あぶねえ……

「……えと、それでは、これからどうぞよろしくお願いします……」

前を見ると、メロンがぺこりと頭を下げているところだった。拍手《はくしゅ》のあと、担任が言った。

「じゃあ君は大地の従兄妹《いとこ》だそうだから、慣れるまで大地の隣の席がいいだろう。ん？　でも今は天空寺が座ってるのか。じゃあ悪いが天空寺、ちょっと席を替わってくれないか？」

「えぇっ⁉」なじみが叫んだ。「い、いえ、でも……や、やっぱり、側《そば》に相談できる同性の女の子がいたほうがいいと思いますっ！」

「それもそうだな。じゃあ、大地の逆隣《ぎゃくどなり》にもう一つずらして席を用意するか」

そうして、メロンとなじみに挟まれるような席順になった。

なんだかクラスの男どもの目つきが怖いんだが……気のせいか？

「……大丈夫かメロン」

「だいじょうぶじゃ……ないわよ」挨拶だけでメロンは相当憔悴《しょうすい》していた。

その上ホームルームが終わると、ワッと女子たちがメロンの周りに殺到《さっとう》してきた。

「ちょっと大地、邪魔よ！」どげし！「Ｏｈ！」蹴られて席をどけられる。

「メロンさん、デンマークから来たの?」「……ええ」「どんなところ?」「えと、デンマークは人口およそ五百二十二万人、ユトランド半島と周辺の島々からなる国で、宗教はプロテスタントが多くって」「メロンさんもそうなの?」「ちがうわ」「なんて地域に住んでたの?」「コペンハーゲン」「向こうの言葉ってどんなの?」「デンマーク語。……でもあたしは喋《しゃべ》れない」

険《けわ》しい顔をしつつもなんとか一つ一つ質問に答えていく。入学が決まってからのここ三日間、カケルと一緒にデンマークのことを勉強したおかげだ。

手持ち無沙汰《ぶさた》になったカケルがカーテンにくるまって「巨大ミノムシー」などと言って遊んでいると、ひとりの男子が苦笑いしながらやってきた。

「それにしてもお前にあんな可愛いイトコがいたなんて知らなかったよ、カケル」

「……だれだっけ?」

ずるっ。とひっくり返りそうになる。

「僕だよ僕! ジゴローだよ! 昨日も会っただろっ!」

「あァ、そういえばそんなやつもいたなァ。あまりにも地味なんで忘れてた」

ジゴローこと甘字五郎《あまじごろう》とは、高校に入ってからの友人である。サッカー部所属で、バイク通学をし、成績もツラもそこそこいいというのに、いかんせん女運が悪く、また悪い点もなければ良い点もないという地味な性質のため、どうにもモテないし存在感も薄い。

カケルなどからはもっぱら、「ルイージ」、「時代劇で回を追うごとに出番が減っていく人」、「トヨタの八十点主義を六十点主義にしたような男」、などと散々《さんざん》に言われている。

「お前のような月見草のごとき男にどうして『ジゴロー』などというフレンチなあだ名がついてんだ？　ひょっとして自分で名乗ってんのか？　ぷっ、身のほどを知れよ地味男《ジミメン》」

「入学早々お前がつけたんだろっ！　馬鹿にしやがってっ！　こうしてくれるっ！」

ジゴローが襲《おそ》いかかってきて、カーテンをごしごしとカケルの体にこすりつけてくる。

「やっ、やめてっ！」バチバチバチ！「ああっ!?　立っちゃう！　髪が立っちゃうのぉぉ！静電気でビンビンに立っちゃうのぉ!!　らめぇ！　ビタミンCが抜けちゃう～！」

奇声を発しながらカーテンの中で身をくねらせる。

そうやって遊んでいると、「え～!?」という悲鳴に似た女子たちの声が教室に轟《とどろ》いた。

「大地カケルと同じアパートに？……」「平気なの？……」「二人の関係って……」

静電気にバチバチされながら耳をそばだてて聞いてみると、どうやらカケルとメロンとの関係に話が及んでいるようだった。メロンの答えはここからでは聞こえない。

「……おい。あの子、本当にただのイトコなのか？　それ以上でもそれ以下でもなく？」

カーテン越しにぼそっと、ジゴローまでもがそんなことを聞いてくる。

「……そうだよ。間違いなくデンマークからの帰国子女で、オレの親父《おやじ》の妹の娘だよ」

それ以上でもそれ以下でもなく。

……だったら、いいのになぁ。

メロンは授業中、ずっとカケルのとなりでうつむいてへばっていた。さすがにいきなりあれだけ大量の人に囲まれると精神的にきついらしく、なにより暑いらしかった。

いつもより長く感じた授業が終わり、昼休みになった。

カケルはいつも購買でパンを買うため、鎌倉《かまくら》へ駆けつける武士のごとくすぐさま教室を飛び出して馳《は》せ参じなければならないのだが、席を立ったところでなじみに呼び止められた。

「ねえカケルちゃん。なにか大事なことわすれてないかなぁ?」

にこにこしながらなじみが含むように言ってくる。

「忘れてること……? うーん、ガスの元栓《もとせん》や部屋の鍵《かぎ》はちゃんと閉めたし、洗濯物も……」

「もーっ! 親戚《しんせき》の子が入学したら、ご飯おごってくれるって約束したでしょーっ!」

「あっ! そうだった!」

土下座までしたのに本気で忘れていたカケルである。

「悪かったな。ちょっと待ってろよ、いま……」

「うん、いっしょに食堂に——」

「ほらよ、五百円」

財布から五百円玉を取り出す。

「え……」固まるなじみ。

「あん? なんだよ、五百円じゃ足りねぇってか? しょうがねえ、じゃあ千円で——」

「ち、ちがうよっ! カケルちゃん、いっしょに食堂で食べないの……?」

「ヤだよ。なにげに食堂は高いし、並ばなくっちゃだろ?」

「でもでも！」なじみはパタパタと空でも飛ぶかのように両手を振る。「――そ、そうだよ、並ぶのがたいへんなんだよ。だからカケルちゃんがなじみの分も並んで買ってきて！」

「はぁ？　ったく、しょうがねぇなぁ。……じゃあメロン、せっかくだからお前も来いよ」

「えっ!?」凍《こお》りつくなじみ。

「……なによもう」突っ伏していたメロンが顔を上げる。「あたし、ご飯食べられないわよ」

「いいって。みんなでいるほうが楽しいだろ。それとジゴローでも誘うか。おーい脇役《わきやく》ー」

犬でも探すようにジゴローを呼んでいると、なじみがぼそりと、

「………カケルちゃんのばか」

「えっ？　なにか言ったか？」

「いいもん。なじみも誘うもん。ゆーりりーん！　いっしょにごはんたべよー」

とたとたと揺花のもとまで駆け寄っていき、はぐっとその腕に抱きついた。

「げっ。東風も来んのかよ」よりにもよって一番苦手な女を……。

なにが気に入らないのか、なじみはカケルにあっかんべーをしている。

こうして五人は一緒に食堂に行くことになった。

カケルとジゴローが食堂の列に並び、なじみの分も買って席に戻る。

「……でね、メロンちゃん。――あっ、おっそーい！　カケルちゃ～ん！」

「運んでもらってて文句言うな。ほらよ、トンカツ定食。よりにもよって一番高いの頼みやが

って。オレたちは安いショウガ焼き定食だってのによ。もったいないオバケはどうした」

カケルはメロンの横に座り、トレーをなじみに渡す。

「ねぇ、ゆりりん。ほんとうにそんな栄養食品だけでいいの？」

揺花の前には、ビタミン剤や栄養フレーバーなどがいくつか置かれているだけだった。携帯電話などの最近の物を毛嫌いする揺花にしては珍《めずら》しい。メガネを外した揺花は（授業中や読書のとき以外はかけないのだ）、フレーバーの包みを開けながら言った。

「これは実験なのさ。果たして本当に『エイヨウショクヒン』なるものだけで人が生きていけるかというね。もしもボクが倒れたときは、ここの会社を訴えてくれないか」

「そんなことに情熱燃やしちゃだめだよー。ほら、なじみのカツ一きれあげるから」

「ああ……自分の食べ物を他人に与えるなんて、キミは正に女神のような人だ、なじみん」

「金払ったのはオレだけどな」

「少し黙っててくれないか大地。農薬たっぷりのショウガを食って病気になるがいい」

揺花はあーんと小口を可愛く開けて、なじみが差し出したカツを頬ばる。

「あぁ……とても美味《おい》しいよ、なじみん」

「ふふっ、間接ちゅーだね」

「そうだよ。間接ちゅー。愛する恋人との間接ちゅー。『空腹』と並ぶ最高のスパイスさ。ああ、ものすごくムラムラしてきたよ。もしも今なじみんと二人きりで、ここが巷《ちまた》で流行《はや》っているという十八歳未満はプレイできないようないかがわしいゲームの中だったら、ボクはキミを押し倒してその口から直に唾液をすすっていただろうね。魔女にとって処女の体液は欠かせないものであるしね」

「またまた〜」きゃっきゃと笑うなじみ。ただの冗談だと思っているらしい。

「できればもっと箸《はし》をぺろぺろしたいのだが――ふふっ、あまりなじみんとのラブラブぶりを見せつけると、大地が嫉妬《しっと》にくるって憤死《ふんし》するからやめておいてやろう」

「誰が嫉妬なんぞするか。好きなだけやってろ」

カケルは呆《あき》れて取り合わなかったが、

「よ、よくないっ！　女同士でそんなことをするのは良くないと思うぞっ！」

となりのジゴローが立ち上がって叫んだ。顔がゆでダコのように真っ赤である。

そういえばこいつ……入学してはじめの頃は東風のことが好きだったんだっけか。

その後、揺花がなじみに恋（？）をして、ジゴローの儚《はかな》い恋はすぐに終わったのだった。

揺花は、パックタイプの栄養ゼリーをちゅーーっと吸いながら、

「……甘字、キミ」上目遣《うわめづか》いでジゴローを見つめる。「いつからそこにいたんだい？」

ずがぁああん！　とジゴローが腰砕《こしくだ》けになる。あんまりにもあんまりな扱いであった。

「あれ？　そういえばメロンちゃんはお昼はなにも食べないの？」

メロンジュースだけ飲んでいるメロンに、なじみが声をかける。

「あたしは……べつに」メロンが目を伏せる。

「だめだよー！　ちゃんと食べないと。ほら、なじみのをあげるから」

お節介《せっかい》焼きのなじみが、ずいっとトレーを押し出してくる。

「だからあたしは……」

「あっ、わかった！　外国にいたからお箸使えないんでしょ。スプーン借りてくるねっ」

一方的に言って、とたとたと厨房《ちゅうぼう》に向かって駆けていった。

メロンがじろっと横目で睨みつけてくる。カケルは気づかないふりをした。

「——あぁ、そうだ。なじみんが帰ってくるまでの間、メロンちゃんの手相を見てやろう」

栄養食品を食べ終えた揺花が、スカートを叩きながら立ち上がった。

「は？　お前、手相が見れるのか？」

「ああ、ボクは親しくなった人の手相を見るのが趣味なんだ。これでも魔女だからね」

「へー、知らなかったなぁ。あのさ、僕の手相も見てくれない？」

「親しくなった人の、と言っただろう。耳垢《あか》でもたまってるんじゃないかい甘字。ではメロンちゃん、いまルーペを出すから右手を出してくれたまえ」

そう言うと、揺花はなにを思ったか、己《おのれ》のスカートの裾《すそ》に手を這《は》わせると、やおら痴漢《ちかん》でもするようにその中へ手を入れ、ごそごそと漁《あさ》りだした。

うぉお!?　とカケルとジゴローが色めく。揺花が手をもぞもぞと動かすたびにスカートの端がめくれ上がり、見えそうになる。が、すんでのところで見えない。ちらりとも見えない。見えなければおかしいところまでめくれても見えない。どうなっているのだ。

「……ん、あった。これだ」

やがて揺花がスカートの中から大きなルーペを取り出した。

「お、おい！　お前のスカートの中はどうなってるんだ！　いろいろな意味で！」

「魔女のスカートの中は四次元になっているんだよ。さあメロンちゃん、手を」

どん引きしているメロンの手首を掴み、強引に引き寄せる。

「ん？　ずいぶん冷たいのだね。まるでジュース缶でも触ってるようだよ」

「――っ」メロンの肩がびくっと震える。

「おや？　なんだこの手相は。初めてみるタイプだ」

ヤバ！　と思ったが、そのときなじみが帰ってきた。揺花の気がそれる。ナイスだなじみ！

「はいっ、メロンちゃん。先割れスプーン借りてきたよ。さっ、食べて食べてっ」

しかし一難去ってまた一難。なじみが上機嫌でトレーとスプーンを差し出してきた。

みんなの視線がメロンに集まる。メロンは小さく震えながらトレーを睨んでいる。

やべえやべえ、と焦《あせ》っていると、いつも間の悪いジゴローがまた例のごとく、

「あっ、そういえばさ。メロンちゃんのピアスって珍しいね。ちょっと見せてよ」

身を乗り出してメロンの耳に手を伸ばしてきた。

「だ、だめっ！」

逃げるようにメロンが頭を振る。と――

ごちん！

「ファ――ッキュ!?」

メロンの頭がアメリカンクラッカーのように勢いよくカケルの頭にぶつかった。

カケルはたまらず椅子から転げ落ちて七転八倒《しちてんばっとう》する。

メロンはがたりと立ち上がると、呆然とする面々に向かって、

「もうあたしにこれ以上かまわないで!!」


―――


シーンと、食堂が静まりかえる。

一瞬全《すべ》ての動きが止まり、やがて人々の視線が猛烈な勢いでこっちに集中する。

シュワシュワシュワシュワシュワ――

静寂に包まれた食堂に、そんな炭酸ガスが弾《はじ》ける音のみが場違いに聞こえる。

「っ！」メロンが駆け出す。テーブルの間と人の列を縫って、食堂を飛び出ていく。

「――お、おいまてよメロンッ！」

「カケルちゃんまって！　ショウが焼き定食がのこってるよーっ！」

「悪いなじみッ！　片付けておいてくれッ！」

「もったいないオバケがでるよ――――っ！」

間の抜けた叫び声を背中で聞きながら、カケルは食堂を飛び出た。

メロンは階段を駆け下り、一階の廊下を一目散《いちもくさん》に走り、やがてある部屋に飛び込んだ。

部屋のプレートには『第一調理室』とあった。ここ弓月《きゅうげつ》学園は、バブルが弾ける前までは調

理科や工学科などが併設されており、いまでもそれらの施設がそのまま残されているのだ。

　カケルが肩で息を整えながら中に入ると、メロンは部屋の角に設置されている、人が入れる巨大な業務用冷蔵庫の前にいた。部屋には他にだれもいない。そこ入ると怒られるぞ、と注意しようとしたが、メロンは扉の取っ手を引いて中へ入っていってしまった。

「……おいメロン。なにやってんだよ」外から呼びかける。

「入ってこないで！　体を冷やしてるんだから！」中から怒鳴ってくる。

　カケルは冷蔵庫の厚い扉に背中をつけて息を整える。冷たくって気持ちいい。

　二人はそこで沈黙した。普通の教室よりも二回りくらい大きい調理室には、カケルの荒い息づかいと冷蔵庫のぶおーんというファンの音のみが響いている。

　やがて、カケルの息が整ったのを見計らうようにして、メロンがゆっくりと言った。

「……どうして、あたしを学校に入学させたの？」

「あー？　前も言っただろ。お前が立身出世して恩を返してくれれば――」

「クラスの子たちから聞いたわよ。あなた、あの幼なじみに土下座して頼んだそうじゃない。奴隷《どれい》にしてくださいとか、犬になりますとか、しまいには便器まで舐《な》めたそうじゃない」

　便器は舐めてねぇよ。

「どうしてそこまでするの？　全然わりにあわないじゃない」

「……ったく、しかたねーな」ほんっと鈍感《どんかん》なやつだなこいつ。

　カケルは頭の中で言葉を選びながらゆっくりと口を開いた。

「あー……なんつーかさぁ。お前にも普通の暮らしを味わって欲しいんだよ。ずっと家ん中でナイター見たり、冷蔵庫ん中で冷えてるだけじゃつまんねーだろ?」

「あたしは……学校なんか、来たくなかったわ」

「んー、べつにさ、学校じゃなきゃならねぇっつーわけでもないんだよ。ようするにオレはさ、お前が安心して過ごすことができる『居場所』を作ってやりてえと思ったんだよ」

「……どうして、そんなことまでしようとするの? あなたには関係ないじゃない」

「まぁ、確かになぁ。でもさ、なんか放っておけないんだよ」カケルはそこで小さく深呼吸し、「……オレさ、二年前、ちょっとしたことがきっかけで、家にも学校にも居場所がなくなっちまったんだよ。どこにも安心して過ごせる場所がねーの。そのときの辛《つら》さが身にしみてるからさ、なんだかそういう奴を見ると心がざわついちまうんだよ」

「それって……男屋が言ってた事件のこと?」

「……ああ」

「なにが、あったの?」

「…………………」

カケルは外についている冷蔵庫の照明スイッチをパチンと消した。

「きゃっ!? なっ、なに? 電気消えたわよ!?」慌てた声が中から聞こえてくる。「ちょっとカケルでしょ!? 真っ暗でなにも見えないじゃない! 出られないわ!」

「えー? 出られないのぉ? 自分から入ったくせにぃ? ぷぷっ」

「なっ！」

癪《しゃく》に障《さわ》ったらしく、自力で出ようと必死に扉を押したり叩いたりし始める。が、そんな方法じゃこの手の冷蔵庫は開けられない。カケルは腹を抱えて大笑いした。

やがて暴れ疲れたのか、物音がぴたりと止んだ。

ドアにそっと耳を当ててみると、ぜえぜえと荒い呼吸音が聞こえてきた。

もうそろそろいいかなと思い、カケルは取っ手を引いて扉を開けてやった。

暗闇《くらやみ》に光が差す。メロンはすのこの上に体育座りをしていた。悔《くや》しさからか、それとも出られないかもしれないという不安からか、その目には少し涙が浮いていた。

「あれあれ？　怖かった？　家じゃいつも冷蔵庫に入ってるくせに？　ぷっ」

「――――！」

メロンが耳のプルタブを引っ張り、缶となってすのこの上に着地する。

『もういいわ！　出てって！　あたしずっとここにいる！』

「くくっ、ごめんごめん。オレが悪かったって。行こうぜ。もうじき昼休みも終わ――」

その時、調理室のドアががらりと開かれた。

なじみだった。「あれ？　メロンちゃんは？」と言いながらこっちにやってくる。

「やっべ！」急いで冷蔵庫の中に逃げる。

「！　ちょっとカケルちゃん！　どうして逃げるのっ？」

カケルは暗闇の中メロンを掴み上げ、急いで口をつけて少女化《ガーリッシュ》させた。

ほぼそれと同時にドアが開かれ、冷蔵庫に光が差す。

間一髪、メロンは少女化《ガーリッシュ》していた。しかしなじみは、

「カケルちゃん……メロンちゃん、いま……なにをしてたの……？」

カケルとメロンは肩に手を置き合って、半分抱き合うような格好をしていた。

「いっ⁉　いや、これは、ちがっ」慌ててメロンを放す。

「なにしてたの⁉」気色《けしき》ばんだなじみが入ってきて扉を閉める。

しかし威勢《いせい》よく入ってきたはいいものの、再び冷蔵庫が真っ暗になった瞬間、

「きゃっ⁉　なにもみえないよカケルちゃ～ん！　やだこわい－っ！」

「………ったく、お前は木から降りられなくなったネコか。ちょっと待ってろ」

嘆息《たんそく》しながら、手探りで扉に向かう。完全に閉めきると、本当に一寸先まで闇《やみ》となる。

「いいか、扉の腰の辺りに赤い突起《とっき》があるはずだ。それを思いっきり押すんだ」

「え？　どこ？　ないよ？」

「あるはずだぜ。オレも探してやるよ。これくらいの高さに――」

ふにょり。と、柔らかいゴム鞠《まり》のようなものを摑んだ。

「あ、あれ？」ふにょふにょふにょ。ぴらっ。「おかしいな、柔らかいぞ。――布？」

「ひっ……きゃあああああああ――――――――――――っ‼」

ごすっ‼

「ホワッッ⁉」強烈な衝撃が腹に走った。

「えっち！　変態！　痴漢っ！　ばかっ！　なにするのぉ!!」

「ちがっ、これは冤罪《えんざい》——ぐぉぅ！」

なぜか途中からメロンまで加わってボコボコにされ、ボロゾーキンのようにされる。

「もう！　カケルちゃんのばかっ！　いつかほんとうに逮捕されるよっ！」

「しくしく……わざとじゃないのに……」

日頃の行いの結果というものである。

「さ、とっとと出るわよ。もう授業始まっちゃってんじゃないの？　急ぎなさいよ」

「もともとはお前が原因だろうが、ったく………え？　おい、二人とも待てよ。ここどこだ？」

ふと、重大なことに気づいた。

「は？　なに言ってんの？　冷蔵庫の中に決まってるじゃないの。頭打った？」

「ちげーよ馬鹿！　ドアの位置だよ！　どっちにドアがあるんだ!?」

逃げ回っている内に、方向感覚が狂ってしまった。ドアがどっちにあるかわからない。

「そんなの、手探りで壁を伝っていけばいいんじゃないの。こうやって——」

ごつん！　暗闇に鈍《にぶ》い音が響いた。

「〜〜〜〜〜〜〜〜〜〜〜〜〜〜〜〜っ!!　なんかあたったぁ……」

「こええ……まさに一寸先は闇だな」

動くのをやめた瞬間、汗《あせ》が一気に冷えてぞわりと背筋が震えた。冷蔵庫の中は、水のような独特のイオン臭と、梅干しでもつけているかのようなすえた臭《にお》いで満ちている。

「……とにかく、早くここを出ねえと凍え死《こご》んじまう。二人とも！　突起を探すんだ！」

三人は真っ暗闇の中、ドアを探して捜索を開始した。

「いたっ！　ちょっとカケルでしょ！　足踏むんじゃないわよ！」がつん！「きゃー⁉　なんか棚から落ちてきたよーっ⁉」がらがら！「きゃっ⁉」べたん！「いたーい！　すべったぁ！」ふにふに。「これは……まさかまた？」もみもみ。「……いや、この薄さはメロンのか」「冷静に触ってないで放しなさいよ！」がしゃがしゃ！「いてえ！　冷蔵庫の物投げてくるなよ！もったいないオバケが出ちゃうよ！」「やだーっ！　そんなこと言わないでよーっ！」「あんたあっちを探しなさいよ！」「こっちか？　――うぉ⁉　なんだこれ⁉　人の生首《なまくび》みたいなものがあるぞ！」「それはあたしの顔よ！　あんたさっきからあたし触ってばっかじゃない！」

そんな感じで三人は冷蔵庫の中を探し回ったが、どこにもあの突起が見当たらない。

やがて精根《せいこん》尽き果てた三人は、冷蔵庫の真ん中に背中合わせで体育座りをしてしまった。

「はぁはぁ、ちょっと、ほんとうに突起なんてあるの……？」

「おっかしいなぁ、たしかに、腰の高さの辺りにあるはずなんだが……」

「どうしよう……ごめんね、二人ともなじみのせいで……」

冷蔵庫のファンがぶぉ――――んと回転し、また冷気を送り込んでくる。

「うぅっ……さむいよぅ」くっついたなじみの背中が細かく震える。

「そういやお前、昔っから寒いのダメだったな。しょうがねぇ」

カケルは上着を脱ぐと、ばさっとなじみの頭にかけてやった。

「か、カケルちゃんっ⁉」

「お前とは体の鍛《きた》え方が違うんだよ。これくらいクーラーみたいなもんだ」

「ありがとうカケルちゃん……二年前と同じ。いつもなじみのこと助けてくれるね」

そこでなじみははっとなり、「あ……でも、メロンちゃんが寒いんじゃ……」

「あたしは平気よ。生まれつき寒いのは平気なの。それより、二年前のあのときって？」

「おい」

「なによ、さっき話してくれなかったから気になるのよ。話してよ」

「そうだよ、いいじゃない。カケルちゃんはなんにも悪くないんだから。……あれはね、なじみたちが中学二年生で、まだ埼玉にいたときのことなんだ……」

のちに、『スカイエアーグループ社長令嬢誘拐未遂《みすい》事件』と呼ばれる事件が起こった。

当時、経営が悪化していたスカイエアーグループが大量のリストラを敢行《かんこう》し、それに恨《うら》みを持った元社員二人と、総会屋を通じて知り合った暴力団員一名が、グループの総帥である天空《てんくう》寺修介《じしゅうすけ》の一人娘の誘拐を画策《かくさく》したのだ。

彼らは大胆にも、なじみが唯一《ゆいいつ》ひとりになる学校を狙《ねら》った。暴力団経由で銃を仕入れ、学校を出てきたなじみを誘拐しようとした。が、失敗。逃げるなじみを追い、校舎の中へと入っていく。なじみは本能的に自分の慣れ親しんだ教室に逃げ込むが、誘拐犯たちはそこにまで追ってきた。銃を構えてじりじりと接近してくる誘拐犯たち。

もうダメだ——なじみが絶望しかかった、まさにそのとき。

「カケルちゃんが、割って入ってきたの」

『まてっ！　なじみに手を出すな！』とカケルは颯爽《さっそう》と登場し、そしてものの見事にボコボコにされた。教室に残っていた他の生徒たちは、怯《おび》えるばかりでなにもできなかった。

そうして無様《ぶざま》に暴力を受け続けたカケルはそのあと、

「犯人たちをたおして、なじみのことを助けてくれたの！」

「え……？」

あっさりと言うなじみに、メロンが驚きの声を上げる。

「倒したって……どうやって？　武器もないのに？」

「うん。だから、カケルちゃんが犯人の銃を奪って撃ったんだよ」

「そ、そんなことが……素人《しろうと》にできるものなの？　どうやったのよ」

「……よく、覚えてねえんだ。断片的な記憶はあるんだけどな……あはは……」

事件の結末はこうである。カケルは奪った銃でスカイエアーグループの元社員二名を銃撃、瀕死《ひんし》の重傷を負わせる。もうひとりの犯人はそのまま逃走。現在も逮捕されていない。そのあとカケルは意識を失って病院に運ばれ、二日後に意識を取り戻したのち、頭蓋骨《ずがいこつ》骨折で全治二カ月の入院となった。幸い脳への深刻な影響は見られず、二カ月後に元気に退院した。カケルの行為はなじみの証言により正当防衛と判断され、不起訴となった。

「――そこまではまだ良かったんだけどな。そのあとが大変だったな、むしろ」

このセンセーショナルな事件を、マスコミが放っておくはずがなかった。

さすがにカケルの名前や写真までは公表されなかったが——

「まぁ……いろいろとな。大変だったんだ。周囲の目とか、あることないこと、みたいな」

地元を離れて東京の高校に進学したのも、それが原因だった。ここならだれもカケルのことは知らない。もっとも、なじみについてはニュースで知っている人もいるかもしれないが……

「カケルちゃんは……いろいろなものと引き替えになじみのことを救ってくれた、命の恩人なの」

うっとりとした声でなじみが言った。

「あの日からなじみはカケルちゃんに——」そこではっと息を飲み、「ぱ、パパもねっ、そのことをすごく感謝してて、だから今回のメロンちゃんのこともすぐに動いてくれたんだよっ」

「……そう、だったんだ」

メロンは感情の読めない声でそう呟いた。なじみが励《はげ》ますように続ける。

「だからねっ、今回もきっとだいじょぶ。カケルちゃんがいれば、きっと助けてくれるよ」

「そう言われちゃあ、なんとかしないわけにはいかねぇよなぁ……よし、もういっちょ出口を探してみるか」

カケルは立ち上がってぱんぱんと尻を叩いた。しかし、いくら壁を探ってもやはり取っ手は見つからない。時間だけが過ぎていき、三人の体温をどんどん奪い取っていく。

「くそっ！　せめて灯《あか》りがあれば！　そうすりゃ一発なのに！」

「うぅ〜、カケルちゃ〜ん。なじみー、なんだか眠くなってきちゃったぁ」

「ばかっ！　寝るな！　冷蔵庫で永眠なんていったら天空寺末代までの恥《はじ》だぞッ！」

なじみの肩と思われる場所を摑んでがくがくと揺さぶる。

「あぅ～、勉強しなくっちゃぁ。もうすぐ中間テストだしぃ。カケルちゃ～ん、その消しゴムまだ使えるよ～、すてたらもったいないよ～、もったいないオバケがでるよ～」

「なに幻覚見てんだよっ！　しっかりしろ！　おいっ！」

「まずいわ、この子もう限界よ！　どうするのよ⁉」

くそっ！　どうすりゃいいんだ⁉　このままじゃあなじみが、なじみが……！

カケルの心を、絶望という名の悪魔が乗っ取ろうとした、まさにそのとき――

ゴッドファーザーのテーマ曲が聞こえてきた。

一瞬、切迫した自分の心が聞かせた幻聴かと思ったが、違う。

カケルのポケットの隙間からオレンジ色の光が漏《も》れている。

携帯のメールの着信音だ。

「…………」取り出す。

液晶の光が、淡く辺りを照らした。ドアの方角も、そこについている赤い突起物も見える。

そして、怒りに満ちたメロンのどす黒い顔も。

メールの相手はジゴローだった。開いてみると、『どこにいるんだよ、もう授業始まってるよ』とあった。きわめて親切なメールだった。なじみの命を助けたメールだった。しかしそれは、カケルにとっては必ずしも福音《ふくいん》ではなかった。だってシュワシュワしてるんだもん。

しこたま殴られた。

いろいろあったものの、ようやく一日が終了した。

カケルはトマトのように腫《は》れ上がった顔を気にしながら、メロンとなじみと一緒に校舎を出た。なじみは上機嫌だった。どうやらまたカケルのおかげで助かったと思っているらしい。

しかしなじみも馬鹿だよな、とカケルは思う。冷蔵庫の件ではない。進学のことだ。成績が良いくせに、カケルのあとを追うようにこんな東京の平凡な私立校に入学してきたのだ。しかもあんな事件があったというのに、父親を説得してひとり暮らしまでして。

あの事件以来、なじみは一層カケルの側にくっつくようになった。いまだって、家の方角が逆なのにわざわざ校門までついてこようとする。まさかオレに対して変な負い目でもあるんじゃねえだろうな、とちょっと心配になってしまう。

「ん?」後ろのメロンが遅れていることに気づいた。「どうしたメロン。まだ怒ってんのか」

「べつに……怒ってるわけじゃないわよ。ちょっと……考えごとしてただけ」

力なく答える。初めての経験づくしで疲れたのだろうと思い、そっとしておくことにする。

弓月学園は東京郊外の静かな住宅街にある。アパートまで徒歩二十分といったところだ。

明日の土曜日の予定などを考えながらつらつら校門に向かっていくと、

「……ん?　なんだありゃ?」

十歳ほどの女の子が、校門の柱に身を隠すようにして、行き交う人々をじっと眺めていた。小さい背とくりっとした瞳が、まるでリスみたいだった。くるくるとした巻き毛を、紫色のつぶつぶがついた髪飾りで二つ結びにしている。服は赤ずきんのようなフリルのついた可愛らしいもので、手にはトートバッグを提《さ》げている。

少女がこっちに気づき、はっと目を見開く。

あれ？　ひょっとしてオレを待ってんのか？　フフッ、まいったな。『弓月のダミアン』の威名《いめい》は学園を飛び出してあんな小さい子の心までをも鷲摑《わしづか》みしてしまったのか。

キラーンと歯を輝かせて爽やかに微笑みかけてみる。が、少女の表情に変化はない。

それもそのはずで、少女が見ていたのはカケルではなく、その後ろの——

「メロン？」

振り返ると、メロンも少女のことを見つめていた……驚愕《きょうがく》と緊張に満ちた表情で。

カケルははっとし、少女の顔を注意深く見つめ、そして事態を悟った。

「おい……なじみ」少女から目を離さず、緊張をはらんだ声で簡潔に告げる。「先に帰れ」

「え？　なんで？　そこまでいっしょに」

「いいから！　早く！」

「っ‼」なじみの体が、銃声を聞いた野ウサギのようにぴーんと硬直する。

たちまち悲しみが顔中を支配し、なじみは脱兎《だっと》のごとく校門に向かって駆けだした。

ダッ、と少女とすれ違う。

風が巻き起こり、揺れた。

少女の右耳についた——アキカンの証《あかし》のプルタブが、キラリと。

Akikan! 三口目 戦う。

散っている。視線の火花が散っている。

周囲はまさに下校のピークを迎えており、多くの生徒たちがその空間を通り過ぎていく。

——メロンとは反対側の耳にプルタブがある……アルミのアキカンか？　エレクトに参加してるのか？　やる気なのか？　まさかこんな人目につくところで？

カケルが緊張していると、やがて少女が校門の陰《かげ》から用心深く歩み出てきた。

「……あんちゃ、すちーるのアキカンねっ!?　名をにゃにょりなちゃいっ！」

外見そのままの、幼い舌《した》っ足らずの声だった。

カケルは思わず気が抜けかかったが、メロンの表情は少しもゆるまない。

「そういうあんたは？　自分から名乗るのがしきたりだってさっき日本史で習ったわよ」

「いーわ！　んじゃおちえてあげるっ！　あたちはぶど子《こ》ってゆーの！　みさきがつけてくれたの！　んでもでも、名まえはおちえても、どの缶のアキカンかはひみつっ！　それをいっちゃうと、イロイロふりになっちゃうから！　ぐふふっ、どー？　あたまいいでちょーっ？」

「そう、あなたグレープジュースのアキカンなのね」

「うえぇっ!?　なんでわかったのーっ!?」がーん！　と本気で衝撃を受けるぶど子。

「うぬぬぬっ……じょーほーをさくそーさせてコンランさせる作戦はしっぱいね！」

かくなるうえは、と目をぎらつかせながら腰を落とす。すかさずメロンも両手を交差させるように前に突き出して臨戦態勢をとる。そこへ慌《あわ》ててカケルが割って入った。

「まてよ二人とも！　周りの状況を考えろ！　こんなところでやりあったらどうなる!?」

すでに多くの生徒たちが、三人のことを遠巻きに見つめながらこそこそと噂《うわさ》し合っていた。

「シュラバ……?」「三角関係のもつれ……」「あいつC組の大地《だいち》じゃん……」「あの男が二股《ふたまた》かけて……」「あんな小さな子を……」「ロリ……」「ペド……」「十三歳未満はたとえ合意の上でも強姦《ごうかん》に……」「うらやましい、いや、人間のクズめ……」「刺されねぇかなあいつ……」

カケルは顔面蒼白《そうはく》になり、たまらず泣きを入れた。

「た、たのむ……他へ、他へ移らせてください……お願いしますぅ……」

「そーねっ。タニンにめーわくかけちゃだめらって、みさきもいってたもんね」

意外にもぶど子はあっさりとそれを了承《りょうしょう》すると、すたすたと校舎に向かって歩きだした。

カケルとメロンは顔を見合わせて頷《うなず》き合うと、慎重にぶど子のあとについていった。

しかしやがて、ずんずんと大股《おおまた》で歩いていたぶど子が、だんだん減速してきた。

「……おい、早く歩けよ。他の場所に移るんじゃなかったのかよ」

「う、うるちゃい！　あんちゃたちが先にいくの！」前を向いたまま叫ぶ。

「なんでよ。まさかあんた、後ろからあたしたちを攻撃するつもりじゃないでしょうね」

ぶど子ががばっと振り返った。顎《あご》を梅干しみたいにして、半分涙目になっていた。

「ちがうーっ！　あたち、ここにきたのはじめてなんだから、そっちがあんないするのっ！」

どうやらなにもわからないのに歩いていたらしい。


重い観音扉を開けて、講堂の中へ入っていく。

大きさは体育館と同じくらいで、天井は吹き抜けのように高く、巨大なクモのようなシャンデリアが垂《た》れ下がっている。客席の椅子《いす》は備え付けの柔らかいもので、それらが映画館のように階段状に並んでいる。

床には臙脂《えんじ》色のカーペットが敷き詰められ、舞台にはそれと同色の二つの天鵞絨《ビロード》のカーテンが、いまは身を寄せ合ってゆったりと下りていた。バルコニーにあるステンドグラスのような縦長《たてなが》の窓からは、赤みを帯びた陽光が矢のように降り注いでいる。

三人は、客席を縦に二分する中央通路を歩き、舞台の前まで進んでから対峙《たいじ》した。

「おい、ぶど子。お前、アキカン・エレクトに参戦してるのか？」

「そうよっ！　これであんちゃたちをみつけたのよっ！　ふふーん！」

得意満面の笑みで、ぶど子がトートバッグの中からあのアキカン・レーダーを取り出す。

どうやら、昼休みに冷蔵庫の中でメロンを少女化《ガーリッシュ》させたのがまずかったらしい。

「お前のオーナーはどこだ？　犬養毅《いぬかいつよし》のごとくそいつに言い聞かせたいことがある」

「ここにいるわけないでちょっ！　おうちよ！　おーなーが死んじゃっちゃらアキカンも死ん

じゃうんらから、つれてくるほーがばかよっ！　おーなーのじょーほーはいんぺーするのがとーぜん！　あんちゃなんかには名まえだっておちえてやんないっ！」

「……あん？　オーナーの名前はミサキっていうんじゃねえのか？」

「ななっ!?」尻尾《しっぽ》を踏まれたネコみたいに飛び上がって驚く。「なんでしってるのっ!?　……はっ！　ま、まさかじょーほーがしゅーしゅーされてたの!?」

「アホの子か、お前は。ったく……しょうがねえ、じゃあオーナーじゃなくってお前に言うことにするよ。いいか？　アキカン・エレクトなんつー馬鹿《ばか》みたいなのを本気にするんじゃねえよ。普通に考えてみろ、役人のすることじゃないだろ？　あいつらを信じる気か？」

諭《さと》すようにカケルが言うと、ぶど子は一瞬眉《まゆ》を上げてきょとんとした顔をし、

「だまされないわよっ！　そうやってあたちをユダンさせよーとしてるんでちょっ!?」

「なんでそうなるんだよ!?　そもそもオレたちはエレクトには参戦してねえんだよ！」

「ふーん。そんじゃあどーして」ぶど子は疑《うたぐ》りに満ちた顔で言った。

「──どーして、そっちのアキカンはそんなにやる気マンマンなのかちら？」

「えっ……？」振り返る。

メロンは、異様な敵意を顔いっぱいに張りつかせ、ぶど子を恐ろしい目で睨《にら》みつけていた。

「……カケル、ちょっとそこらへんでうずくまってなさい。すぐ終わるわ」

「なっ！　ダメだ！　なにしようとしてんだ！」

「あたしたちがイヤって言ったって、むこうがその気なんだからしょうがないわ。それに」

ふっとメロンの瞳《ひとみ》に影が落ちる。

「あの子の気持ちもわかるわ。人間に缶のことをもっと大事にあつかってほしいと思ってるのなら、こうするのが一番てっとりばやいのよ。あの規格統一課とかいうやつらは気にくわないけど、それで勝ち残った缶のあつかいが良くなるのなら——」

「なに言ってんだ！　そんな方法で幸せになるなんて間違ってる！」

肩を摑《つか》んで説得しようとするが、

「幸せってなに？」

「え……？」

「あたしたち缶の幸せって、なによ」

「突然なに言って——」

戸惑《とまど》うカケルに、メロンは冷たく言い放った。

「——あんたに、あたしたちの気持ちなんかわからないわ」

するりとカケルの脇《わき》をくぐりぬけ、中央通路のぶど子に突進する。

「おいメロン！」

「ふんっ！　きたわねっ！　よーしゃしないんだから！」

それを受け、ぶど子は大きく後ろへ跳《と》びながら右手を前に突き出した。

「〝サワーグレープス〟っ！」

叫んだ瞬間、ぶど子の右手に、突如《とつじょ》ワインボトルほどもある大きなブドウの房《ふさ》が出現した。

清涼飲料魔法だ。

ぶど子はそれをトートバッグを提《さ》げた左手に渡すと、右手で卓球ボールほどもある果実をちぎり取り、向かってくるメロンに向けて投擲《とうてき》した。

「――――!?」

メロンは慌ててブレーキをかけると、急いで後ろへ跳んだ。

ブドウの果実が、鋭角に床にぶち当たる。

バンッ！　という銃声のような音とともに、強烈な閃光《せんこう》がほとばしった。

「なっ！　なんだぁ!?」思わず目をかばう。

もうもうと煙が上がり、カーペットの下の床がマンホールほどの範囲で少しえぐれていた。

「ふっふーん!!　どう？　すごいでちょー！」ぺったんこの胸を張るぶど子。

メロンは上空でくるりと回転して着地すると、すぐにまたぶど子に向かって駆けだす。

「やめろメロン！」カケルは止めようとするが、メロンはきかない。

ぶど子が再び果実をちぎり取り、ピッチャーのように振りかぶって一直線に投げる。

跳ぶ。

斜《なな》め前方、ぶど子に向かって。三メートル以上も高く、高く。

「バッカはっけーん！　ひっかかっちゃわねっ！」

ジャグラーのように五指の間に果実を挟《はさ》み、落下してきたメロンに向けて一気に放つ。

「やべえ！　あれじゃよけらんねえ！」

五つの果実が散弾のようにメロンを直撃する――

――直前。落下中のメロンの体が、強風に煽《あお》られたかのように突然横へずれた。

「うしょっ!? なんで!?」

果実をかわしたメロンはくるりと半回転し、ハヤブサのように猛スピードで急降下した。

シュゥッ！　という聞き覚えのある音が聞こえた。

そうか！　手から炭酸ガスを出して落下の軌道《きどう》や速度を変えたんだ！

「なっ、なっ、なっ――！」

そのまま一気に急接近し、

「――バカはあんたよ」

蹴《け》り飛ばした。

「はぶっ!!」ぶど子はカーペットをざざーっと滑っていく。

メロンはトランポリンを跳《は》ねるように空中でバウンドしてショックを殺し、着地。

「す――すげえ……」思わず感嘆《かんたん》の声が漏《も》れる。

十メートルほども滑っていったぶど子が、膝《ひざ》をわななかせながら立ち上がる。

「う、うぅ………ふ、ふんっ！　すこしはやるらないの！」

「強がりは鼻血をぬぐってから言いなさい」

うぐ、とぶど子が鼻血を手の甲《こう》でぬぐう。

「へ、へーんだ！　あたち、さっきのでわかっちゃったわよ！」

そして気を取り直すように腰に手を当てると、得意満面に言った。

「あんちゃ、もうあまりじゅーすがのこってないんでしょ？」

メロンの頬《ほお》が、ぴくりと反応した。

「じゅーすがないから、さっきは魔法をつかわないであたちのことをけったんでちょ？　あるとしても、そっちのオーナーがちょこっともってるだけ」

「……なに言ってんのよ。せっかく手を抜いてやったっていうのに」

虚勢《きょせい》である。たしかに、カケルの持つ鞄《かばん》の中にはジュースが一本しか残っていなかった。

「ぐふふっ。んじゃ、もう手をぬけなくしてあげるわっ！　――にゅん！」

気合いとともにブドウの房が三つ生まれ、ぶど子がそれを自分の足下近くに投げつけた。

ダダダダダッ!!

「ぐおっ！」光と煙で視界が閉ざされる。

カケルがキナ臭さに鼻をつまみながら目をこらすと、ぶど子の姿は消えていた。

「ちっ、見失っちゃったじゃない！」

煙で涙目になったメロンが、ぶど子を探しに行こうとする。が――

「！　ま、まてメロン！　足下を見ろ！」

「っ！」

メロンが息を飲む。あの果実が松ぼっくりのように無数に床に転がっていた。

メロンは舌打ちし、客席の背もたれに飛び乗った。

「もうやめろ二人とも！　こんな馬鹿なことしてどうすんだよ！」

つま先立ちで果実をよけながら、メロンに近づいていく。

「うるさいわカケル！　気が散って発見できないじゃない！」

「こんなことするために人の姿になったわけじゃねえだろ！」足にすがりつく。

「さわんないでよバカ！」ゲンコツを落とされる。

それが二人の命をすくった。

殴られたカケルの目の端で、なにかが光った。

ぶど子が、二階のバルコニーの柵《さく》から身を乗り出していた。

ブドウの果実をいくつもちぎり取り、それを構えて。

メロンもそれに気づく。が、もう遅い。

果実が、鳥の大群のように殺到《さっとう》する。

「くっ――！」

よけられない。

カケルは思った。メロンもそう思ったはずだった。

だから、使うしかなかったのだ。

「〝夕張《ゆうばり》バリア！〟」

メロンが両手を突き出しながら叫ぶ。

マスクメロンの網目《あみめ》を模《も》したバリアが出現。

若草色をした光線が弧《こ》を描きながら縦横《じゅうおう》に組み合わさり、メロンの上半身をガードする。

――こ、これがメロンの清涼飲料魔法！　名前はダサいがすげえ！

感嘆する間もなく、飛来してきた果実たちがそれに当たって爆散する。

「よっしゃ！」歓呼《かんこ》を上げる。が――

バリアと火の絨毯《じゅうたん》から垣間《かいま》見《み》えたぶど子は……見下すようにせせら笑っていた。

予感がした。

凄絶《せいぜつ》に、嫌な。

二年前の、あのときのような――

「――メロン！」

「きゃっ!?」

咄嗟《とっさ》にメロンの腰を摑んで、床に引きずり倒した。

その瞬間、バリアの隙間《すきま》から液体が雨のように降ってきた。

果実が弾《はじ》けて飛び出したブドウの果汁だ。それらの何滴かは、床に伏せたカケルの背中にびちゃりと付着し――そして制服に穴を開けて肌《はだ》を灼《や》いた。

「ぐぁっ！　あっちぃ！」

七転八倒《しちてんばっとう》しながら、背中をカーペットにこすりつける。

「カケル！　大丈夫!?」

「あ、ああ……なんとかな。気をつけろ、あのブドウの果汁は強酸になってっぞ」

くそっ、イソップ童話そのままだな。木から垂れ下がるブドウを取ろうとしたキツネが失敗して、『へっ、どうせあのブドウは酸《す》っぱいやつだよ』って負け惜《お》しみを言ったっていう。

「へーん！　どー？　あたちのおそろしさをおもいちったかしらーっ？・」

グレープジュースをぐびぐび飲みながら、ぶど子がバルコニーで勝ち誇る。

「よくも……やったわね。もう、絶対にゆるさない」

メロンが立ち上がり、ぶど子を睨み上げる。

「——スクラップにしてあげるわ」

目を閉じ、ふっと息を止める。

ぶど子に向けて、Xの字を描くように両手を交差させて突き出す。

ヒュゥ——ぶわっ
風が起こり、お下げや制服がめくれ上がる。

炭酸ガスが体中から吹き出しているのだ。カケルは思わず気圧《けお》されて数歩後ずさった。

交差させた両手の先に、バレーボール大の丸い物質が出現する。

マスクメロンだ。ご丁寧《ていねい》にTの字の蔓《つる》までついている。

メロンがカッと目を見開く。より一層気流が荒々しくなり、メロンの髪やスカートがバタバタと踊る。となりに立つカケルは、その強風に満足に目すら見開いていられない。

「——食らいなさい」

交差させた両手を、マスクメロンごと頭上に掲げる。

背中を弓なりに反《そ》らし、炭酸ガスを掌《てのひら》の一点に集中させ、ぶど子に向けて両手を振り下ろし、
それを、放った。

「〃メロメロメロン〃ッ!!」

どんっ！　という音とともに、マスクメロンがぶど子目がけて飛んでいく。

「——って、メロンを飛ばすだけかよっ！」

ネーミングもまただせえ！　とカケルはツッコミたくなったが、さにあらず。

マスクメロンは一気に加速し、キーンと空気を切り裂きながらぶど子を襲《おそ》った。

「にゃっ！　にゃにゃにゃっ!?」

ガシッ！　と短くガラスが割れる音。

ぶど子の斜め後方にあった窓ガラスに、丸い穴が開いていた。

ぶど子は一歩も動けていない。外してしまったのだ。

「なっ、なっ、なんじゃこりゃあ！」

思わず松田優作《まつだゆうさく》ばりに叫ぶ。とんでもない威力《いりょく》だった。

ぶど子も、丸い形のまま綺麗《きれい》に穴が開いたガラスを見て、顔面蒼白《そうはく》になっている。

「おっ、おいぶど子っ！　降参しろっ！　あんなのが当たったら死ぬぞマジで！」

「う……うっちゃい！　こんなもの、当たらなければどうということはないわっ！」

ぶど子は柵を乗り越えて、段差状になった客席の一番高いところへ飛び降りる。

「まちなさい！　逃がさないわ――く！」

「⁉　おいメロン、お前、体が――」

まるで缶に戻るときのように、メロンの体がすうっと透《す》けていた。

「くっ、さっきのでもうエネルギーが……カケル！　ジュースを！」

「あ、ああ！」床に落ちている鞄の中から最後の一本を取りだし、メロンに渡す。

メロンがそれを飲むと、透けていた体がまた元に戻った。

「これが最後、か……でももう外さないわ」

「やっ、やめろって馬鹿！　あんなのが当たったらマジで殺しちまうぞっ⁉」

「殺す気でやってるのよっ！　あいつだってあたしたちのことを、――⁉　あぶないっ‼」

メロンが飛びかかってくる。その瞬間、立っていた場所に爆発が起こる。

――なっ⁉　あの距離からでも飛んでくるのか！

驚いたカケルは、ぶど子を見てさらに驚愕《きょうがく》した。ぶど子は、Y字型の棒の間にゴムひもを通した、スリングショット――いわゆる『ぱちんこ』を持っていた。

「……やったわねぇ」

カケルの体から離れ、ぶど子を睨む。

再び両手を交差させて突き出し、マスクメロンを発生させる。

竜巻《たつまき》のような風が巻き起こり、両手を振り上げる。

「お、おい！　やめ」

「——メロメロメロンっ!!」発射。

距離が離れているので威力が落ちるかとカケルは思ったが、逆であった。

発射されたマスクメロンは距離に比例して速度を増し、ぶど子の頭をかすめて壁にぶちあたった。まるで前衛《ぜんえい》的なアートのようにマスクメロンが壁に埋まる。

ぶど子は構わず駆け出しながら、サワーグレープスを作り出す。

「だからやめろって！　こんな戦いをしてなんになるんだよ！」

ぶど子に向かって悲痛に訴えるが、

「——それが、あたしたちの望みだからよ」

返事は後ろから聞こえた。

メロンがぶど子に向かって駆け出していた。

「…………バッカ野郎どもが！」

ぎりっと奥歯を噛《か》み締め、カケルはあとを追う。


太陽が旅立とうとし、月がそれに代わろうとしている。

時間とともに、闇《やみ》が講堂の周りににじりよってくる。

そんな中、ぶど子とメロンは距離を取り合って飛び道具を撃ち合っている。

——このままじゃあヤベエ。

二人に制止を呼びかけながら、カケルは冷静に思う。

メロンの『メロメロメロン』がかすりもしないのだ。

炭酸ガスで飛ばすため狙《ねら》いが外れやすい上、ぶど子がちょこまかと動いてかわすのだ。目で見てから動くのでは到底《とうてい》間に合わない。が、撃つタイミングがわかれば話は別だ。

動き回るぶど子に向かって、メロンが再びメロメロメロンを放とうとする。

「メロメロ――」この時だ。

勢いをつけるために、体を弓なりに反らして両手を頭上に掲げなければならない。

「――メロン！」

放つ。しかし案の定、モーションを読まれてひょいとかわされてしまう。

そしてすぐさま高速で飛んでくる果実の嵐。メロンとカケルはたまらず座席の陰に隠れる。

「はぁ、はぁ、はぁ……あたらないわ……」

ジュースを飲んで十分と経《た》っていないのに、メロンは相当消耗《しょうもう》していた。

「おいメロン、まさかまたジュースが……」

「その……まさかよ。その上炭酸もかなり……ここまで消費するとは思わなかったわ……」

「マジかよ!? あとどれくらい保《も》つんだ!?」

「二発……ね。それ以上メロメロメロンを撃つと、缶に戻っちゃうわ……」

これも不利な要素だった。缶に戻ってしまったら負けは確定的だ。一方、ぶど子のほうはトートバッグにまだたくさんジュースが入っているようだった。さらに、

「……まずいわね、もうかなり暗くなってきてる。このままじゃあ……」

暗闇での戦闘となれば、清涼飲料魔法の性質上、まず勝ち目はなかった。

「メロン、逃げよう」

カケルは言った。メロンの気持ちがどうあれ、このままじゃ負ける。

「………そうね」メロンが頷く。

「よし！　そうと決まれば――」

「カケルは逃げて」

メロンが続けて言った。

カケルは一瞬声をつまらせ、それから激高した。

「に、逃げろだと⁉　お前を置いてそんなことできるかよ！」

「いいから聞いて。正直に言うわ。いまあなたにいられると邪魔なのよ。まぁ、ふだんから邪魔なんだけど、いまはもっと邪魔なの。あなたもわかるでしょ？　だから」

「………！」それはカケルもわかっていた。

こちらにとって致命的に不利な要素。自分の存在が大きなハンデとなっていることを。

カケルが死ねばメロンも死ぬ。ぶど子からすれば、どちらかを殺せばいいのだ。的《まと》が多いというわけである。メロンはカケルをかばいながら戦うしかないのだ。

「だったら一緒に」

「ムリよ。出口はひとつだけ。しかも見通しのいい一直線。二人で行ったら格好《かっこう》のマトよ」

……くそっ！

床を殴る。戦いを止めようとしているのになにもできず、かえってメロンの足を引っ張り、あげくメロンを置いて逃げるしかない自分が許せなかった。

　だが、いくら考えてもそれ以上の解決策は見つからなかった。

「……わかった。そう……する」

「そう。じゃあ、あたしが合図したら出入り口へ走って。あいつはあたしが足止めをするわ。全力で走るのよ。いい？　じゃあいくわよ」

　メロンが座席の陰から出る。カケルがそっと覗《のぞ》くと、ぶど子は隠れることなく、十メートルほど離れた舞台の前に仁王《におう》立《だ》ちしていた。勝ちを確信したかのような顔である。

「でてきちゃわね。ついにこーさんかしら？　かいみょーはよーいした？」

「なに言ってんのよ。バカじゃないのこのブドウ球菌」

「ぶ、ぶどーきゅーきん〜⁉　よくもいっちゃわね！　……ぶどーきゅーきんって、なに？」

「バッカじゃない？　そんなこともしらないの？　いい？　ブドウ球菌っていうのは——」

　二人が話し合ってる間に、カケルは姿勢を低くして客席を抜け、中央通路へと近づく。

「ブドウ球菌は……えーと、そ、そう！　ブドウのおばけよ！」

「お、おばけっ⁉」

「あんた、さっきからブドウを無駄にしまくってるから、ぜぇったい呪《のろ》われてるわよ——ほら！　いまあんたの後ろに立ってる、そいつが！」

「くきゃあああ⁉　なになになにゃにゃに⁉」

ぶど子が後ろを振り返ったそのとき。

「いまよ！　カケル！」

カケルは鬱憤《うっぷん》を晴らすかのように中央通路を駆けた。

「あっ！　ひきょーものぉ！」　ぶど子がメロンを迂回《うかい》して追ってくる。

しかしとても間に合うまい。カケルはそのまま一直線に出入り口へと向かい、
そして、三メートル手前で急停止した。

「こ、これは……」　呆然《ぼうぜん》と見下ろす。

ずらりと砂利《じゃり》のように床に敷き詰められた、ブドウの果実を。

「くっ！　これじゃあ進めねえ！」

「きゃひひっ！　ばーかばーか！　あったまわるぅ～！」

足止めを食らっている隙《すき》に、ぶど子がどんどんこっちに近づいてくる。逃げようとしても、左右は客席の壁がそそり立っている。

万事、休す。

ぶど子がサワーグレープスを作る。その距離が、七、六、五、四メートルと、まるで時限爆弾のカウントのように縮《ちぢ》まっていく。

三メートル。ぶど子が笑いながらブドウを房《ふさ》ごと振りかぶる。

あまりにも急過ぎて、走馬燈《そうまとう》がよぎる時間も、恐怖を感じる時間もない。

二メートル。――そのとき、ぶど子の後ろからあるものが飛んでくるのが見えた。

「あっ！」と、思わずそれを指さす。

それに釣られてぶど子が振り返る。

「ひぇっ!?　まさか、ぶどーきゅーきん!?」

――そのわずかなタイムラグを利用して。

メロンはぶど子の頭を飛び越えた。

手から炭酸ガスを放ち、カケルめがけて真っ逆さまに落ちていく。

「ち、ちまっちゃ！　さ、サワーグレープスっ！」

「夕張バリア！」

ぶど子が投げ、空中で上下逆さまになったメロンがバリアで防ぐ。

大砲のような大音響と烈火。そして光。

メロンの体が爆風で吹っ飛び、背中からカケルにぶつかる。カケルは倒れそうになるが、すぐ後ろは地雷原となっているため、まさに死ぬ気で踏ん張ってこらえる。

「お、おいメロン！　メロン！」

気を失っている。ざっと見たところ、強酸にはやられていないようだった。爆風で吹っ飛んだのが幸いした。十秒ほど頬を叩《たた》いていると、メロンがぼんやりと意識を取り戻した。

「う……カケ、ル？　へい……きだった？」

「ああ！　オレはなんともない！　お前は平気か!?」

「大丈夫……よ。それで、ぶど子は？」

ぶど子はいなくなっていた。陽《ひ》はもうだいぶ沈み、数メートル先の物すらよく見えない。

「隠れたのね……まったく、ちょこまかちょこまかと」

「そ、そうだ、メロン、さっきので清涼飲料魔法は……」

メロンがこくりと頷いて立ち上がった。あと一発。それしかチャンスがない。

「くそっ！　オレのせいで！」

「しかたないわ。それより注意して。どこからあいつが狙ってくるかわからないわ」

メロンは、ジャングルを行く獣《けもの》のように注意深く周囲を見回しながら歩いていく。

「でてきなさいよ臆病者《おくびょうもの》！」

メロンの叫び声が空《むな》しく講堂に木霊《こだま》する。

まずいな、とカケルは思った。メロメロメロンのモーションと軌道は、完全に読まれている。距離が開いていると当たらず、至近《しきん》距離だと威力がない。しかも打てるのは一発だけ。

つまり――ぶど子が圧倒的有利であるということ。

カケルは刻々と濃くなる闇に目をこらし、必死にぶど子を探す。

どうする？　どうする？　これじゃあ格好の的だ！　あの果実がスリングショットで弾丸みたいに打ち込まれたら――


恐怖。

いまさらながら、体が震えてくる。

息の吸い方を忘れてしまい、ぜっぜっ、と荒い呼気《こき》ばかりがついて出る。

このままでは、殺される。それは一瞬のうちに、いまこの瞬間にも、果実が飛んできて頭を吹き飛ばされるかもしれない。死んだということすらわからず死ぬかもしれない。もしくは当たり所が悪くて苦しんで死ぬかもしれない。昔飼ってた犬の痔助《ぢすけ》の最期《さいご》が思い出される。散歩中にクルマに撥《は》ねられた。内臓を飛び出させ、口から血を吐いて、それでも生きてた。呻《うめ》きながら、体を痙攣《けいれん》させながら助けを求めるようにカケルを見てた。そしてたっぷり苦しんで死んだ。カケルは吐いた。それがいまこの瞬間にも。まさにつぎの瞬間、この瞬間、つぎの、

「カケル！　しっかりして！」

はっとなる。

メロンに肩を揺さぶられていた。

「大丈夫よ。安心して、必ずぶど子を倒してみせるわ」

「ハァハァ、あ……う、ああ」

ようやく満足に息を吸いながら、思わず頷いてしまう。

違う！

止めなくてはならないのに。戦いなんかやめろって言わなくてはならないのに。

声が、出てこない。体が、動かない。

身がすくんで。心が、萎《な》える。

「――いた！」

メロンがついに見つける。

カケルの後ろ、およそ十メートル。

舞台の、身を寄せ合ったカーテン。

その隙間から、あのスリングショットが枝のようににょきりと突き出している。

すでに、ゴムひもは限界まで引き絞られていた。

「ついに見つけたわよ！」

「ち、ちまっちゃ！」

カーテンから顔を出し、ぶど子が絶叫する。

「フゥゥウ――」

そこへ向けて両手を突き出し、精神を統一する。メロンの周囲に風が巻き起こり、両手の先にマスクメロンが出現する。

止めなくては。メロンを、止めなくては。戦いを。

だが、それでもやはり、動かない。

もしもそれで逆に攻撃されたら、と思って動かない。

動かない。

動けない。

――動けなかった。

「メロメロメロン！」

放たれたマスクメロンはしかし、ぶど子からは大きく逸《そ》れ、舞台端のほうへと飛んでいく。

「ば、ばーか！　どこねらって撃ってんのーっ！　くらえー！　サワーグレープスっ！」

ほっとしたように、ぶど子が改めてこちらへ狙いをつける。

「は、外れたのかっ⁉」

いや、違う。

見当違いな方向へ飛んでいたマスクメロンに変化が起きた。

ぐぐぐっと、サッカーのフリーキックのように曲がり始めたのだ。

軌道を変えたマスクメロンが、横合いからぶど子を襲う。

「なっ、なっ、なんで――――っ⁉」

ぶど子が苦し紛《まぎ》れにスリングショットをそっちへ向けるが、遅かった。

マスクメロンが回転しながらぶど子の腹部へと直撃し、

「ぐふぅッ‼」

ぶど子の体を、カーテンの向こう側へと弾き飛ばした。

その瞬間、あれほど姦《かしま》しかった講堂が、死んだように静まりかえった。

「メロン、いまのは……」

「両手の炭酸ガスに強弱をつけて、回転をかけたのよ。野球のスライダーみたいにね」

手首をひねるそぶりをしながら、メロンが淡々《たんたん》と言う。

「さ、いくわよ。まだ気をぬかないで」

「…………」

メロンの後ろについていきながら、カケルの頭は真っ白になっていた。

喜んでしまった。

当たった瞬間、「やった！」と喜んでしまった。

——ぶど子が、こんな風《ふう》になってしまったというのに。

「う……」

その光景を見て、思わず口元を押さえる。

カーテンの向こう。舞台の中央で、ぐったりと仰向《あおむ》けに倒れるぶど子。

周囲には水たまりのように大量の血が流れ、今も徐々《じょじょ》にその範囲を広めようとしている。その発生源は、もちろんぶど子の腹だ。まるで、むかし流行《はや》ったビー玉を飛ばす人形のように、腹にマスクメロンが食い込んでいる。

その凄惨《せいさん》な光景に、たまらず吐きそうになるのを、なんとか堪《こら》える。

「あ……あ、あぁ……」ぶど子が呻《うめ》く。

まだ生きている。いや、「死のうとしている」と形容したほうが正しいか。そのびくびくと痙攣《けいれん》する手先は、陸に打ち上げられた魚を思い起こさせた。

もう助からない。死ぬ。それはだれの目にも明らかであった。

「お……おね、がい……」

その言葉で、金縛《かなしば》りが解ける。

「ぶど子！」

血を踏みしめながらぶど子へと駆け寄り、その頭を抱え起こす。

ぶど子は焦点《しょうてん》の合ってない目でカケルを見上げ、息も絶え絶えに言った。

「……あたち……が、しんだら……ごほっ！　げほっ！　……はぁ、はぁ、あたちを、みさきのところ……へ……おね、がい……」

「し、死ぬなぶど子！　ちゃんと生きてそのミサキって子に会うんだ！」

必死に肩を揺する。こんな時、陳腐《ちんぷ》な言葉しか出てこないのがたまらなく悔《くや》しい。

「おうちの……じゅーしょ……は、……」

ぶど子は、そんな言葉に構ってる余裕がないのか、それとももうカケルの声が聞こえないのか、一方的に自分の住所を口にしていく。途中何度も咳《せ》き込み、半分凍結した噴水《ふんすい》のように口から汚らしく血が飛び散り、その度に呼吸が浅くなっていく。

カケルはぶど子の口にくっつきそうなほど耳を近づけ、必死にその言葉を聞き取る。

メロンは立ったままその様《さま》を見つめている。その表情は、暗闇のあまり杳《よう》としてうかがえない。ただただ、黙ってそれを見下ろしているだけだった。

住所を全部言い終わるころには、ぶど子はもうほとんど虫の息だった。

カケルは、今まさに死にゆく少女を目の前にし、それ以上なにもすることができなかった。

「……みさき、み……さき、みさき……みさ……き……」

ぶど子は、もうほとんど残されていない命を使って、ずっとその名を呼びつづけた。

「み……さ、き……み……さ……き、み……」

徐々に声の間隔《かんかく》が広くなっていく。

カケルはみっともなくガクガク震えながらその様を見続けるしかない。

——やがて。

ぶど子の声が蚊《か》の囁《ささや》きのように小さくなり。

「……み、さ、き……だ、い……す……き…………」

そう言い残して、ぶど子の呼吸は終わった。

死んだ。ぶど子が、死んだ。

そう思った瞬間、ぶど子の体がすぅっと溶けるように消えてゆき。

手からぶど子の重みが失《う》せ。

流れていた血がどんどん減って、わずかばかりのジュースに変わり。

そうして、そこには穴の開いたグレープジュースの缶のみが残された。

それが、すべてだった。

ぶど子というアキカンの最期の、すべてだった。

「…………」

カケルは。なおも震え続けているカケルは。

真っ暗の講堂に叫び声が木霊することすら怖くなり。

慟哭《どうこく》することも、できなかった。

◇◇◇

ぶど子の家を訪れるころには、時刻はもう七時を回っていた。

『ミサキ』とぶど子が呼んでいたオーナーは、どこにでもいる普通の中学生の女の子だった。

カケルたちが訪れると、いぶかしがりながらも中に入れてくれた。

どうやら両親が共働きで一人っ子なので、普段は家にひとりでいることが多いようだった。

ぶど子とは三カ月くらい前からこっそりと暮らしていたらしい。

カケルが、ぽっかりと穴が開いた缶を見せると、

「ぶど子!? なんで!?」卒倒《そっとう》しそうなほどショックを受けていた。

慌ててジュースを補充して少女化《ガーリッシュ》させようとしたが、無駄だった。穴が開いた缶はもう缶の用途を果たせない。ただのゴミでしかない。穴からこぼれていくジュースに構うことなく必死に口をつけるミサキは、見ていてとても哀《あわ》れだった。

どうやら、ぶど子はミサキが学校に行っているうちにレーダーを持って勝手に出ていってしまったらしかった。前に男屋《おとや》たちからアキカン・エレクトを持ちかけられたときも、ミサキは戦いなんて反対だったのに、ぶど子が勝手にそれを了承《りょうしょう》してしまったらしい。

「なんで……どうしてよぅ……ぶど子だけがわたしの友達だったのに……！　ぶど子がいてくれればわたしは幸せだったのに！　なのに、どうしてこんなことをしたのよ！　ぶど子ぉ！」

ぶど子を抱きながらミサキがワッと泣き崩《くず》れる。

カケルとメロンは、それを背後に家を出た。


少し距離を開けて、二人は人通りの少ない夜道を無言で歩く。

「……………もう」

やがて、自責の念から逃げるように、カケルは言った。

「もう、こんなことは絶対あっちゃならねえ」

「…………」

斜《なな》め後ろのメロンがこっちを見てるのがわかった。

「……なに言ってるのよ」

「当たり前じゃねぇか！」カケルは振り返り、激高した。

「ひとり死んだんだぞ⁉　いや違う！　死んだんだじゃない！　殺したんだ！」

お前が！　──という言葉は、かろうじて喉《のど》もとで抑えた。

メロンは、つまらない映画を見ているかのように、無表情だった。

「死ぬときのぶど子を見たろ⁉　あいつだってオレらと同じなんだ！　ただの女の子だったんだぞ！　殺しておいてなんでそんな平気でいられるんだよ！」

それでも、メロンは、無表情だった。

「──ちがうわ。殺したんじゃない」声にまで表情がない。「戦って負けて、その結果死んだ。ただ──」淡々と言い切る。「──ただ、それだけよ」

「──」

気づくと、衝動的にメロンの頬を張っていた。

自分に、そんなことをする資格はないと、わかっていたのに。

振り上げた拳《こぶし》は自分自身に降ろすべきだと、わかっているのに。

「……………くそっ！」

アスファルトを蹴る。小さい子供が、真っ白の画用紙に色とりどりのクレヨンでしっちゃかめっちゃかに線を引くように、頭の中で様々な思考や光景がバラバラに混じり合っていた。

メロンは、赤くなった頬に手をやることもせず、

「カケル」落ち着き払って言った。「なにかカン違いしてるようだけど、あたしたちはむしろ被害者よ。さっきのはぶど子のほうから攻めてきたんだから」

「被害……者……？　じゃあもう、戦うことなんかしないんだな？　そうなんだな？」

「わかってないわね。いくらあたしたちが戦いたくないと言ったって、むこうから攻めてくるんだから戦うしかないじゃない。エレクトに参戦してるとかしてないとかは関係ないのよ」

「嘘《うそ》つくなよ！」感情が爆発する。「さっきだって戦いを止められたはずなんだ！　いくらむこうがやる気でも、ちゃんと話し合えばやめられたはずなんだよ！」

——誓《ちか》ったのに。二年前、たしかに誓ったのに。

言葉はすべて、自分自身に返ってくる。

もうだれにも人を傷つけさせないって、あのとき誓ったのに！

なのに……なにも、なにもできなかった！

「どんな理由があれ、傷つけ合うなんて間違ってる！　そうだろう⁉　こんな——」

そのとき、不意に熱いものが目にこみ上げてきた。

「こんな……っ、傷つけ合って、だれが得をっ……だれも幸せにっ、ならねえだろうっ⁉」

かろうじてこみ上げるものをこらえながら、震える喉で精一杯訴える。

「……あんたに、あたしの気持ちはわからないわ」

「またそれかよ！」喉の奥から悲痛な叫びが漏れる。

「そういうお前だって、オレの気持ちなんかわかんねえだろ⁉　知ったこっちゃねえんだろ！　もういいよ！　そんなに戦いたいなら好きにしろっ！　オレはもう知らねえ！」

一瞬、メロンの表情がふわっと浮き、

「あっそう！　わかったわよ！　好きにするわよ！」

すぐに怒りの表情となり、捨て台詞《ぜりふ》を吐きながらずんずんと脇を通り過ぎていった。

カケルは振り返り、いつもより激しく揺れているお下げに向かって憎《にく》まれ口のひとつでも叩いてやろうと思ったが、結局やめた。ついて出ようとする罵詈雑言《ばりぞうごん》は、どれも自分自身に返ってくるものばかりだったから。

　メロンは一度も振り返ることなく、そのまま闇に溶けて消えていく。

　叫びすぎて扁桃腺《へんとうせん》が痛い。

　カケルは近くの自販機でジュースを買った。

　ここしばらくはメロンソーダばかり飲んでいたが、もうそんなものは飲んでやらない。

　アルミ缶のコーラをぐびぐびと飲んでやる。こんなところをメロンに見られたらなにを言われるかわからない。少し前までだったら怒られるということは予想できたが、いまはもう、本当になにを言われるかわからない。怒ってくるのかすらも。

　飲み終わったあと、携帯電話を取り出す。が、電池が切れていた。

　ちっと舌打ちし、猫背になってじろじろと周囲を睨みつけながら公衆電話を探す。

　大通りに出てようやく見つけた電話ボックスに入り、鞄の中から生徒手帳を取りだしてアドレスを開く。ハードボイルド風に気怠《けだる》く壁によりかかりながら、コール。

　はい、と男が電話に出る。

「もっしっしー？　バァちゃんオレオレ、オレオレ！　ゴルゴだよゴルゴ！　ちょっといまターゲット狙撃《そげき》しちゃってさぁ！　悪いけどスイス銀行に十万ドル振り込んでくれねェ？」

『……なに言ってるんだよカケル』

　ジゴローの呆《あき》れたような声。

「チッ、しまった！　ババァじゃなくってゴルゴ本人が出やがった！」

『だれがゴルゴだよ！　『ゴ』しか合ってないじゃないか！』

「くっはー！　相変わらずヌルイツッコミしやがって！　お前はノリツッコミもできないのか！　周囲におだてられて文化祭で漫才《まんざい》やってスベってる高校生かお前は！」

『うるさいな、あのときのことはもういいだろう！　そもそもあれはお前が台本にないことを勝手に――ああもういいや。なんの用だよ』

「芸能人が田舎《いなか》に行って、農家とかの家に泊めてもらう番組ってあるだろ？」

『？　あるけど、それが？』

「いまから超人気アイドルたる大地カケル様が光栄にもド田舎のお前のあばら屋に押しかけてやるから泊めろカスOK？そうかありがとう気をつかうことはないよ玉露《ぎょくろ》でもてなしてくれ」

『……お前、喧嘩《けんか》売ってるのか？　どこがド田舎であばら屋だよ』

「知らなかったか？　ハードボイルド的に見れば東京《とうきょう》は田舎なんだぜ？　で、どうなのよ」

『だめだよ。僕んちの家族構成知ってるだろ？　とてもじゃないけど無理だよ』

甘字《あまじ》家は大家族である。ジゴローが末っ子の五番目で、上には四人の姉がいる。

『僕たち姉弟《きょうだい》の部屋が一つしかないのは知ってるだろ？　さすがにそこに泊めるのはさ……』

「ああ、お前と腹違いの美人姉ちゃんたちか」

『だれが腹違いだよっ！』

「じゃあ種違いか」

『まだ言うかっ！』

「わあったわあった。んじゃ血がつながってるって設定でいいよ。じゃあな。一つ屋根の下、今晩もお姉ちゃんたちにあれこれと性的にもてあそばれるがいいと思うよ。ガチャ」

カケルは一方的に電話を切ると、また硬貨を入れて今度はなじみへ電話した。

はーい、となじみが出る。

「ハァハァ……お、お嬢ちゃん、もしもしって十回言ってごらん？」

『もし』

「大気中の水蒸気が集まって煙みたいになる現象はなーんだ？」

『……霜《しも》？』

「ぶっぶー！　正解は霧《きり》でしたぁ。ククッ、じゃあ罰《ばつ》としてお兄さんとシモのお話をしよっかぁ。……フゥフゥ、お、お嬢ちゃんはいまどんなパンツをはいてるのかなぁ？　はぁはぁ」

『カケルちゃん、なにか用？』

「なっ⁉　なぜオレだとわかった⁉」

『なに言ってるの。こんなことするのカケルちゃんくらいだよ。で、どうしたの？』

「あ……いや、………その、な」流石《さすが》にちょっと言いづらい。

「なんつーかさ……あした土曜だし、ちょっと今晩そっちに泊めてもらえねーかな？」

『えっ……』

「い、いや違うぞ⁉　ヘンな意味じゃなくってだな、ちょっと今日はアパートに戻りたくないっつーかさ！　そ、そう！　勉強会しようぜ！　もうすぐ中間テストがあるっつったろ？　みんな呼んでさ、お前の家で勉強会！　なっ！」

カケルが慌ててセルフフォローすると、なじみはしばし沈黙し、

『…………な、なじみはべつに……カケルちゃんひとりでもいいけど……』

「は……はぁ？　お、おいおいなじみ、いくらオレたちが幼なじみだからってさぁ、流石に二人っきりでいるのはマズイだろ。オレたちももう高校生なんだからさぁ」

『そう……だね。あはははっ、うん、なじみ、なに言ってるんだろうねっ』なじみはそこで声を沈ませ、『……アパートに帰りたくない理由って……ひょっとしてメロンちゃんとのこと？　同じアパートに住んでるんだよね？　校門の前にいたあの子となにか関係があるの……？』

「それは………」口ごもる。

すると、良いタイミングで公衆電話からチャリーンと音がした。

「あっ、もう金が切れるからまたあとでな！　これから行っても大丈夫だよな？」

『あ……うん。ねぇ、カケルちゃん……』

「あ？　なんだ？」

『…………ううん。なんでもない。じゃあね。まってるから』

そう言って、なじみは電話を切った。なじみのほうから電話を切るのは、珍《めずら》しかった。

ひどい部屋だ。女の子が住んでるとはとても思えない。

お宝鑑定団ならぬ、お部屋鑑定団でもいれば、口々に「悪い仕事してますねぇ」「これはい

けません」と酷評《こくひょう》され、その醜態《しゅうたい》がお茶の間の爆笑を誘うことだろう。

　リビングには大量の新聞紙や雑誌が捨てられることなく積まれており、なぜか引っ越しのときの段ボールの箱が現役で収納ボックスとして働いている。タンスなどは一切《いっさい》ない。脱いだ制服はベッドの上の壁にハンガーでかけられており、寝返りを打って壁にぶつかると落ちてくるらしい。ならばかける場所を変えればいいのにと思うが、なじみいわくベッドに寝転がりながらもぞもぞと着替えるから、そこが一番便利なのだという。

　ベッド脇には足の低いガラステーブルが置かれているのだが、初めて見た人はガラス製だとは絶対思うまい。テーブル全体に教科書などが散乱しており、下が見えないのだから。

　リビングのそこら中に半透明のゴミ袋が乱立しており、ゴミが入っているものの他に、なじみが集めているベルマークや、駄菓子やアイスの棒の『当たり』などがいっぱい詰まっている袋もあり、間違って捨てようとすると激怒される。まさに足の踏み場もない状態だった。

「こんばんはカケルちゃんっ。さ、はいってはいって」

「いい加減整理しろよ」

　開口一番カケルは言う。

「ちょっと散らかってるけど、そこらへんに座って」

「ちょっとじゃねえよ」

「いま紅茶いれてあげるねっ」

「話聞けよ」

なじみはもうすっかり開き直っている。実家にいたときから部屋は散らかっていたのだが、そのときはメイドなどが片づけていたのでここまでひどくはなかった。

ガラステーブルの前に座って待っていると、なじみがカップを手にやってきた。

「ご苦労。……ほぅ、この薄い色調、セイロンティーか」

「え？　ちがうよ、ダージリンだよ」

「むぅ!?　なんだと、そんな馬鹿な」けれん味たっぷりに口をつける。

「ムォッ！　なんだこれは！　女将《おかみ》を呼べぇい！」

「はい、私が当店の女将ですが……」なじみが乗ってくる。

「なんだこの紅茶は！　まるで味がしないではないか！」

「申しわけございません、なにぶん、一度淹《い》れた茶葉を乾かしてもう一度使ってますもので」

うぶっ!?　と思わず紅茶を吐き出しそうになる。

「おまっ、なんてもんを飲ませんだよ！」

「だってぇ……一回使ったきり捨てるのはもったいないんだもん……」

「ったく……このカップは数十万するくせに。アンバランスなんだよお前の金銭感覚は」

カケルは目をつむってぐびっと平らげると、「シャワー借りるぞ」と立ち上がった。

「え……シャワーあびるの？」なぜかちょっと赤くなるなじみ。

「？　あぁ、ちょっといろいろあって汚れちまってな。さっぱりしたい」

カケルはダイニングから洗面所へ行き、穴が開いた制服を脱いでバスルームに入った。

シャワーを高所に固定して、勢いよく体を洗い流す。

「つっ――」

背中がしみた。首を後ろへ向けると、ところどころ発疹《はっしん》のように赤くなっている。

ぶど子……なんで、あんなことしたんだよ……

ミサキという子の、あの泣き顔が思い出される。

「なにやってんだよぶど子………泣かせてんじゃねえよ」

泣いてたぞ、お前が大好きだって言った、あの子がさ……

「く――っ」また、こみ上げてきた。

カケルは滝に打たれる修行僧のようにシャワーを浴び、ただただそれを堪《た》え忍ぶ。

ぶど子……あの子を泣かしてまで、アルミ缶たちのことが大切だったのかよ……

ざあ、ざあ、ざあ、ざあ、ざあ、ざあ――

――こん。こんこん
ノックの音でふっと我に返る。

磨《す》りガラスの戸の向こうに、なじみのシルエットが見えた。

「カケルちゃーん。タオルここにおいておくねー」

「――あ、ああ。サンキュ」慌てて目をこする。

なじみが洗面所にタオルを置く。が、いつまでもそこから出て行こうとしない。

「なじみ？　どうした、まだなんかあるのか」

「う……ん、カケルちゃん、ちょっとむこう向いてて」

「あ？　なんでだよ」きゅっとシャワーと止める。

「いいから！　あっち向いて座ってて！」

なじみが叫んでくるので、カケルは仕方なく背中を向けて風呂椅子に座った。

「……カケルちゃん、あっち向いた？」

「ああ、けどいったいなにを――」

がちゃっ、と風呂場の戸が開かれた。

驚いて首を振り向かせる。

だぶだぶのTシャツにホットパンツ姿のなじみが、裸足《はだし》で入ってくるところだった。

「なっ、なな、なんで入ってくるんだよ！」

「え……う、うん、背中洗ってあげようとおもって……」

Tシャツの裾《すそ》をぎゅっと握りしめながら言う。

「い、いいよ！　ひとりでやるよこんなもん！　なんで急にそんなことすんだよ！」

「だって……昔はなんども背中の流しっこしたじゃない」

「小学生のときじゃねえか！　いまとは全然違うだろ！　その、イロイロと！」

カケルが前を向いて股間《こかん》を押さえると、なじみが後ろでぼそりと、

「……よかったぁ、カケルちゃんもすこしはなじみのことを……」

「は？」

「ううんっ！　なんでもないっ！　洗ってあげるねっ」

なじみが慌てたようにスポンジを手に取り、デパートの化粧品売り場などに置いてあるサンプル用の20mlパックのボディソープを取り出して、スポンジにつける。

「……お前、どんだけケチなんだよ」

「だってだって、もらえるものもらっておかないと、もったいないオバケが出るんだもん」

「お前の中のもったいないオバケはテスト中の教官並みに目を光らせてるんだな」

「うるさいよ、洗ってあげるんだから文句言わないの！」

なじみは床に両膝《ひざ》をついて、乱暴にカケルの背中をこすっていく。

しばらく互いに無言になる。ごしごしという音のみが響く。

「…………ねえカケルちゃん」

五分ほどそうしたあと、

「……だいじょぶ？」

なじみが手を止め、言った。

「────」カケルは一瞬目を見張り、「……大丈夫だよ、痛くねぇよ」

「そうじゃないよ。背中のことじゃなくって……」

なじみがスポンジを置いて、直《じか》に背中に手をついた。

柔らかく滑《なめ》らかな指が、逡巡《しゅんじゅん》するようにカケルの背中をつつっと這《は》う。

「カケルちゃん……やっぱりなにかあったんでしょ？」

「──なんで」

「昔っからずっといっしょにいるなじみにはわかるよ。カケルちゃん、電話してきたときから様子がおかしいもん……なにかあったんでしょ？」

「…………」

カケルは一つ息を吐いた。まったく、なじみには敵《かな》わないと思う。

「なじみ、カケルちゃんの力になりたい。二年前、なじみを助けてくれたときの恩返しがしたいの。もう、ただカケルちゃんに守ってもらってばっかりの女の子でいたくないの……」

「……なに言ってるんだよなじみ」カケルは笑った。

「もう、オレは散々《さんざん》お前に助けられてるじゃねーか」

「え……？」

「二年前のあの事件のあと、みんなから怖がられて居場所がなくなっていたオレを、ずっと励《はげ》ましてくれたじゃねえか。あのおかげで、なんとかオレは立ち直れたんだ」

クラスメイトからも家族からも畏怖《いふ》され、居場所を失ったカケルを、なじみはずっと支え続けた。家に押しかけて、部屋に閉じこもるカケルに何度も部屋の外から呼びかけた。

〝カケルちゃん、学校いこうよ。カケルちゃんがいないとさびしいよ……〟

〝……うっせえ。どうせ行ったってみんなからビビられるだけじゃねえか〟

〝そんなこと……ないよ。みんなカケルちゃんのことをまって──〟

〝あからさまな嘘つくんじゃねぇよ！　お前だって本当はイヤなんだろ!?〟

〝そんなことない！　そんなことないよ！　なじみはカケルちゃんのこと大好きだよ！　カケルちゃんは命の恩人なの！　どうしてキライになんかなれるの!?〟

〝……そうかい、わかったよ。わかったから、もう帰ってくれ。その気持ちだけで充分だ。お前だって、いつまでもオレみたいな男のことかばい続けるとまた昔みたいにハブられるぞ〟

〝！　なじみ、クラスメイトよりもカケルちゃんのほうが大事だもん！　カケルちゃんがいなかったら学校に行く意味がないもん！　だからいこっ！　なじみが守ってあげる！〟

〝うるせえ！〟

〝きゃっ!?〟

〝いいからもう帰れよ！　二度と来るんじゃねえよ！　お前もぶっ殺すぞ!?〟

〝………じゃあまたあしたくるね。ぜったい、いっしょに学校いこうね……〟

毎日毎日、何度断られても、何度怒鳴られても、なじみはカケルのもとへ通い、一緒に学校へ行くよう訴えた。そして学校では、クラスメイトたちへの誤解を解くことに奔走《ほんそう》し、カケルがなんとか学校へ復帰してからもずっとカケルをかばいつづけた。

「お前のおかげだ。お前がオレの居場所を作ってくれたんだよ。だからすっげえ感謝してる。いまだって、こうやってオレを元気づけようとしてくれてるし」

「カケルちゃん……」

なじみが後ろで感極《かんきわ》まったような声を上げる。

「まっ、年頃のオトコのコを本気で慰《なぐさ》めようと思ったら、もっとカラダ張ってもらわにゃならんけどな！　ぎゃははははっ！」

気恥《きは》ずかしくなったので、照《て》れ隠しにシモネタを言って誤魔化《ごまか》そうとしたが、

「……いいよ」

「──えっ？」

振り向く。

「カケルちゃんなら……なじみ、いいよ……」

なじみは、女の子座りをして恥ずかしそうにうつむいていた。Tシャツの裾を摑んでぎゅっと下げているため、たわんだ胸の輪郭《りんかく》がはっきりと見える。さらに、シャツが濡《ぬ》れて張り付いているため、淡いピンクの下着の色までもが透けて見えた。

物欲しそうに、上目遣《うわめづか》いでちらっとカケルを見上げてくる。

濡れた目と濡れた目が合う。

なじみの顔がボンっとゆで上がった。

「っ──あ、あとは洗い流すだけだから、ひとりでもできるよねっ！」

なじみは言い訳がましくそう言い残すと、ぱたぱたと風呂場を出て行った。

「…………『いいよ』って、なにがだよ……そんな言い方じゃあまるで……」

──馬鹿言え！　なじみはただの幼なじみだぞ？　そんなわけあるかってんだ！

そわそわとシャワーで泡《あわ》を流し、洗面所で体を拭《ふ》き、服を着る。

……落ち着け。ただの勘違《かんちが》いだ。

洗面台の鏡の前で「よし！」と頬をはたいて邪念を振り払い、リビングへ行く。

なじみがベッドに押し倒されていた。

「ちょ、ちょっとゆりり〜ん！　くすぐったいよぉ〜」

「ふふふっ、よいではないかよいではないか」

「やぁだぁ〜、きゃはははっ、あん！」

「ああ、なんて扇情的《せんじょう》な格好なんだ。そんな姿で出迎えられたら、ボクの中に潜《ひそ》むエロ揺花《ゆりか》が目覚めて、本性丸出しでむしゃむしゃとキミを食べてしまうよ」

「……普段から本性丸出しじゃねえかお前は」

揺花がこっちに気づく。なじみに馬乗りになって抱きついたまま。

「大地、キミはなんでそんな風呂上がりでさっぱりした顔をしているんだ。なじみんもちょっと濡れているし——まさか」

無表情でぼつりと、

「……事後？！」

「なんでやねん」

ローテンションツッコミ。

「本当だろうな。よし、ボクのなじみんがちゃんと純潔を守っているか調べることにしよう」

淡々《たんたん》と言って、やおらなじみのホットパンツを脱がしにかかる。

「いやっ！　やめてよゆりり〜ん！　ほんとっ、怒るよぅっ、ああ〜ん！」

摇花の尻をぱんぱん叩きながら、なじみが足をばたつかせる。

「た、たすけてカケルちゃ〜ん！　このままじゃなじみ、なじみは〜！」

「フフフッ、どうだい大地。目の前で幼なじみが犯されるのを見る気分は」

「もう好きにしてくれ」

呆れて止める気にもなれず、タオルで頭を拭《ふ》くことに専念する。

と。

「ふ、二人とも！」

ダイニングから、討《う》ち入りのように男が乗り込んでくる。

「そんなっ、そんなことを女の子同士でするのはおかしいっ！　ぼ、僕は許さないぞ！」

ジゴローであった。バイクのヘルメットを抱え、顔を真っ赤にして鼻頭《はながしら》を押さえている。

三人は一瞬固まってジゴローを見つめ、そして同時に言った。

「「「なんだ、いたんだジゴロー（くん）」」」

ジゴローが鼻血を飛ばしながらずっこけた。


若い男女が集まって真面目《まじめ》に勉強するわけがないだろう。

案の定、すぐにみんなダレた。

もともと、カケルを除く三人は勉強ができるほうなのだ。言い出しっぺのカケルも、アパートに帰ってメロンと鉢合《はちあ》わせするのが嫌だったから来ただけで、勉強する気などハナからない。

メロン……あいつ、いまごろどうしてんだろうな……

なじみのおかげで、少し冷静になれた。

さっきはぶど子の死で錯乱《さくらん》していて、メロンにきつく言い過ぎたかもしれない。

……合い鍵はねえから部屋には入れないはずだが……まさか行くとこがなくて街をさまよってたりはしてねぇよな……

心配じゃない、と言えば嘘つきになる。

もういちど、だけ。

メロンと、話してみたい。なにを考えているのか、知りたい。その胸の内を。

ここでメロンを見放したら、それこそ自分のことが許せなくなりそうだった。

もうぶど子みたいな子を出させてなるものか。絶対に。

そう考えていると、なじみが缶を持って膝歩きで寄ってきた。

「カケルちゃんも、はい、ジュース。ジゴローくんから」

他の面々は、ジュースやスナックを食べて適当にだらけていた。時刻はもう九時過ぎだ。

「ああ……サンキュ」受け取り、プシュッとタブを開ける。

アルミ缶のコーラだった。メロンの顔が脳裡《のうり》をかすめる。

——アルミ。敵。アキカン。ぶど子。他にもたくさん。いまこの瞬間にも。傷ついて。

「……ごめん、やっぱりいいわ」

いろいろなものが連想されてきて、どうにも飲む気になれなかった。

「……まだ、考えてるの？」

缶を受け取りながら、なじみが心配そうに耳元に囁いてくる。

「ん……ああ。でも、お前のおかげで大分すっきりできたぜ。ありがとな」

あぐらに目を落としながら礼を言う。少し気恥ずかしい。

「あまり思いつめちゃだめだよ。ジュース飲んだら？　カケルちゃんジュース好きでしょ？」

「サンキュな。でもちょっとそんな気分じゃねえんだ。それはお前が飲んでくれ」

カケルはそこでまたメロンのことを考えようとし、

「――っておいなじみ！　それコーラだよな!?」

慌ててとなりを振り向く。と――

「……………わふ？」

鼻の辺《あた》りを紅潮《こうちょう》させ、ふにゃりと顔を弛緩《しかん》させたなじみがいた。

「の、飲んじまったんだな……」

「うえ？　のんでないろ～。ひっく、カケルたん、なにいっへるの～？　きゃははははっ！」

ぺしぺしっ。「へ？　ちょ、なじみちゃん、なんで僕を叩くのさ！」

なじみが逆どなりのジゴローの頭をぺしぺし叩く。

「おいなじみ！　オレはこっちだ！　よく聞け、もうそれ以上コーラを飲むんじゃないぞ！」

「だ～か～ら～！　なじみはコーラなんかのんでないっればぁ！　ぃっく」

そう言いながら、ぐびぐびとコーラを飲んでさらにへべれけになる。

「大地、これは」流石《さすが》の揺花もびっくりしている。

「……なじみは炭酸ジュースを飲むと酔っぱらうクセがあるんだ」

「酔ってなんかないっれば～！　ほぅら、ちゃんとまっすぐあるけるにょろ～」

ふらふらと立ち上がり、平均台を渡る小学生のように危なっかしく部屋を歩く。

「あぶねぇって！　大人しくしてろよ！」

「うっ？　はぅ～！　隊長～！　ベルマークの山を発見しましたぁ～！」

カケルを振り切り、ベルマークが山ほど入れられたゴミ袋に向かって跪《ひざまず》く。

「むっふぅ～♪　ベルマークぅ～、なじみのベルマークぅ～、いぱ～い♪」

生《なま》ゴミをあさるノラ犬のように、ずぼっと顔をつっこんでふりふりと尻を振る。

「すごいよ～！　これだけあれば核ミサイルだってもらえちゃうよ～！　きゅはは～☆」

「もらえるかっ！　IAEAがびっくりするわ！　顔ぬけよ！　窒息《ちっそく》するぞ！」

なじみの肩を摑んで強引に引っ張り出す。髪や口にあの鈴のマークが大量に張り付き、まるで新手《あらて》の精神的ブラクラのようにキショかった。

「くふ～……なんだかぁ、なじみぃ、火照《ほて》ってきちゃったぁ」

Tシャツの裾へ手をやり、ぐばっと持ち上げる。つぶらなヘソと、くびれたお腹《なか》、そしてピンク色のブラジャーの下半分までもが露《あらわ》になる。

「ばっ！　やめろって！」慌ててシャツを下げる。

「やぁん！　カケルちゃんのえっちぃ～！　なじみのこと脱がそうとしてるぅ！　や～！」

と言いながら、なぜかカケルにふんにょりと抱きついてくる。

「イミわかんねーよ！　おいコラ、離れろって！」

ひっぺがそうとするが、服にツメを立ててへばりついてくる子猫と同じく、どうしても罪悪感が先に来てしまって強引にできない。

「ねーぇ、カケルちゃぁん」

シナを作りながら、胸をつんつんしてくる。

「カケルちゃんわぁ、なじみのことぉ、好きぃ？」

「なっ！　なに言ってんだよお前は！」

「……きらいなの？　ぐすっ」

「き、キライじゃねえよ！」

「じゃあ……好きなの？」

眉をハの字にして、捨てられた子犬のようにクーンと鼻を鳴らしてくる。

「ま、まぁ……キライじゃねぇって」

どぎまぎしながら顔をそむける。

「んっふっふ〜。そうなんだぁ。んっふふ」

なじみは色っぽく笑いながら、カケルの耳に顔を寄せて、

「じゃーあぁ〜、なじみをぅ〜、食・べ・て☆」

ふっと耳に息を吹き込んでくる。

「は、はぁ⁉」

「食ぁべぇてぇ！　食べないとぉ～！　もったいないオバケが出ちゃうよぉ～！」

カケルの頭を胸に抱き、ぐりぐりと身をよじる。意外と着やせするなじみの豊満な乳房《ちぶさ》に顔を包まれ、カケルは喜んでいいやら苦しんでいいやらで大変である。

こ……これは……かなり……いいかもしれ、
ガンッ！　と頭に衝撃が走った。

「大地、キミは全《ぜん》ボクを敵に回した。これ以上はとても見ていられない」

目を白黒させながら床から顔を上げると、揺花が右足をだらりと持ち上げていた。

「て……めえ、蹴りやがったな⁉　いま思いっきりインステップキックかましやがったな⁉」

「これ以上ボクの恋人をひとりで酔っぱらわせるわけにはいかない。かくなる上は――」

そうして、また例のごとくスカートの裾をたくし上げて中に手を入れた。

ブッ、とジゴローが鼻血を噴き出しながらひっくり返る。

揺花はまた見える見えないの攻防を際どいところで制し、中からあるものを取り出す。

西部劇などに出てくる、ウィスキースキットルだ。

きゅっきゅっと蓋《ふた》を開け、ぐいっと豪快にあおる。

「――ふぅ、美味《うま》い」顔を紅潮させる。

「お、おい東風《こちかぜ》。まさかそれ……二十歳《はたち》未満は飲んじゃいけない飲み物じゃないだろうな⁉」

「フフッ、魔女に現行の法律は通用しないよ。ボクを縛れるのは中世イギリスの魔女対策法くらいのものさ。ひっく、さあなじみん。これでキミはもうひとりじゃなくなったよ、ひっく」

しゃっくりをしながら揺花がなじみの前に膝をつく。

「さあなじみん、実は隠れ巨乳のボクの胸に飛び込んでおいで」

「わぁーい！　おぱぁ〜い！　ぷよぷよおっぱぁ〜い！　ぽにょぽにょ〜♪」

手持ちぶさたになっていたなじみが、これ幸いと飛びつく。

揺花はなじみをよしよしと胸に抱きよせながら、片手でぐびぐびとスキットルをあおる。

「うにゅぅ？　ゆりり〜ん、それなぁに？　じゅーちゅ？」

「これかい？　これはね、ひっく、オトナが飲むジュースさ。しかもこれはボクが調合したキモチ良くなるエキスが、ひっく、入ってるんだよ。なじみんも飲むかい？」

「のむ〜！　のませてぇ」赤ん坊のように抱かれながら、おねだりする。

「よしよし、じゃあ口移しで飲ませてやろう。一緒にキモチ良くなろう、なじみん」

「お、おいおいお前ら！　流石にそれは——」慌てて声をかけるが、揺花は止まらない。

一口スキットルをあおり、口を膨《ふく》らませながらなじみに口を近づける。が、

「やーっ！」どん、となじみが揺花を突き飛ばした。「ちゅーはだめぇ！　はじめてのちゅーわぁ、好きな人とするのーっ」

「そ……そんな、なじみん……ボクとキミは恋人同士ではなかったのかい……？」

いつも余裕たっぷりの揺花が、本気でショックを受けている。

「ゆりりんわぁ、好きだけどぉ、ちゅーする好きじゃないの！」

なじみがぷんぷんしながら立ち上がり、ガラステーブルの上へと目を走らせる。

「じゅーちゅわぁ？　なじみ、喉かわいたぁー！」

ジゴローがティッシュで鼻を押さえながら、「じゅ、ジュースはもうないよ」と答える。

「もー。じゃあ買ってくるー」

なじみが財布を持ってふらふらとリビングの戸をくぐる。

「お、おい、なじみ」慌てて声をかけるが、

「だいじょぶ〜、すぐそこに自販機ある〜」

と、言い残して、ふよふよとした足取りで部屋を出て行ってしまった。

◆
◆
◆

カンッ、カンッ、カンッ、カンッ
「かーんかーんかーんかーんっ♪　くふふっ♪」

アパートの階段をリズミカルに下りていき、敷地を抜けて細い路地を進む。

少し行くと、海に浮かぶホタルイカ漁船のように光る自販機が見えてくる。

「るんたった、るんたった、るんるんるんるんー♪」

スキップしながら上機嫌で自販機に近づく。

「自販機くんこんばんはぁ☆」ぺこりと自販機に頭を下げ、「さっそくだけどお金たべてお金。

そんでね、ジュースはきだしてほしいの。げろって」千円札をうぃーんと投入。

『こんばんはっ』という機械音声に律儀《りちぎ》に「はいはいこんばんはぁ」と返し、なじみはファッションモデルのようにショーアップされて並んでいるジュースたちをじぃっと見つめる。

「どしよっかなぁ。また炭酸じゅーちゅのんじゃおっかなぁ。んふふっ、ん？」

引き寄せられるように、あるジュースが目に留まった。

『つめたぁ～い』のコーナーに置いてある、『エール《Yell》』という350mlのアルミ缶のジュースだ。雲のような白をベースとし、不規則に空色の帯が斜めに走っているデザインだ。どうやらスポーツドリンクらしい。

普段はこういうジュースは飲まないなじみだが、どういうわけかこれにはすごく惹《ひ》かれた。

気づくと、吸い込まれるようにそのジュースのボタンを押していた。

がこっ、とジュースが落ちてくる。

「…………」取り出し、しばし見つめる。

なにか、感じ入るものがあった。酔いがふっと冷め、いつものなじみに戻る。

ぴん、と背筋《せすじ》が張り詰めるのがわかった。頭が空色に覚醒《かくせい》するような……

飲んでは、いけない気がした。と同時に、飲まなければいけない気がした。

一瞬の逡巡の末、なじみはプルタブを開けた。部屋まで持って帰ろうとは思わなかった。

導かれるように、唇《くちびる》が飲み口に触れる。

白く濁《にご》った液体が舌に触れ、あの何とも言えない曖昧《あいまい》な甘さが口に広がり――

そのときだった。

すぅっと溶けるように缶が消え、目の前に少女が現れた。

そのままくちゅっと口づけをする。

初めて味わう、唇の柔らかい感触。

「むぅ――!?」

慌てて顔を離す。勢いが余って足をもつれさせ、べたんと地面に尻餅《しりもち》をつく。

「な、な、な、なっ……」混乱しながら少女を見上げる。

まばゆい銀髪と吸い込まれそうな深い瞳。歳《とし》は十七歳くらいで、背は割と高くスレンダー。

青と白の、水着のような露出の多い服を着ている。

少女は感情の読めぬ瞳でこちらをじっと見下ろし、それから王女に接見する騎士のように片膝をついて、深々と頭《こうべ》を垂らした。

「――お初にお目にかかります、オーナー。私はスポーツドリンクのアルミ缶、『エール』と申します。この度はこうして命を吹き込んでくださり、誠にありがとうございます」

水のように澄《す》んだ声で、慇懃《いんぎん》に挨拶《あいさつ》される。

「な……、な、な、な、なな――」

その瞬間、抑えていた感情の炉心《ろしん》がついにメルトダウンを起こし、

「ななな、なじみのファーストキッスぅ――――――――――――――――――っ!!」

悲痛な叫びが夜空に木霊《こだま》した。

Akikan! 四口目 なんのために。

とぼとぼとさまよっているアキカンがひとり。

弓月《きゅうげつ》学園の制服を着て、うつむき気味に人波をすりぬけていく。

ひとりで街を歩くのは初めてだった。時刻はもう零《れい》時になろうとしているが、人波はむしろ増えるばかりだ。まるで深夜にタンスの隙間《すきま》から這《は》いずり出てくるゴキブリのよう。

逃げるように路地裏へ出た。シャッターの閉められた個人商店が閑散《かんさん》と並び、道ばたに路上駐車されたクルマがケモノのように群れを作って眠っている。

自販機が見えた。暗闇《くらやみ》の中、ひっそりと光っている。

がま口の財布を開ける。はっぴゃくにじゅうえん。それだけだった。

——チャリチャリン、ピッ、ガタン！　ぱこっ、ぷしゅっ。ぐびぐび。

「…………カケルのばか」

自販機の前の路側帯《ろそくたい》に、膝《ひざ》を抱えて座る。

カケルに叩《たた》かれた頬《ほお》が、いまさらながら熱くなってきた。それとともに、凍《こお》りついた心も。

……あなたになにがわかるっていうの？　カケル。

幸せなあなたに。

〝殺しておいてなんでそんな平気でいられるんだよ！〟

「…………平気でいられるわけ、ないじゃない」

敵対しているとはいえ、同じ想いを抱く者をこの手で殺して。

〝なんで戦うんだよ！〟

「…………あたしたちは、ただ」


「愛して欲しかっただけなのに」


「――えっ？」顔を上げる。

道の反対側。路駐されたクルマの間に、白いものが立っていた。

なに――？　と思った瞬間。

ふっと消えた。

「なっ!?」びくぅっとお下げが飛び跳《は》ねた。「お、おばけ!?」

カタ、カタカタカタ……

背後から、そんな固い音が聞こえてくる。恐怖に肩が吊り上がる。

やばい、これは絶対にやばい。これは『らっぷ音』ってやつだ。振り向いちゃだめだ。これはきっとワナだ。おばけのワナだ。振り向いた瞬間やられちゃうぞ。

そう思いつつも、メロンの顔はギギギっと後ろを振り返っていた。

…………きつね？　と一瞬思った。

自販機の前に、銀狐《ぎんぎつね》のような銀色のしっぽが揺れていた。

よく見ると、それは人間の長い髪で、そいつはこっちに背を向けてしゃがみ込んでいた。

カタカタ、という音はそこから聞こえてくる。釣り銭口に指をつっこんでいるのだ。

「…………なにやってんの？」おそるおそるたずねる。

「お釣りが残っていないか、確かめているのです」

淡々《たんたん》とした、冷たい女の声。さっきの声と一緒だ。

「おつりって……あんた、ここでジュースを買ったわけじゃないでしょ？」

「はい」同じく淡々とした声。

「じゃあなに？　だれかがおつりを取りわすれてるのを期待してるわけ？」

「はい」同じく。

「……ぷっ」

思わず噴《ふ》き出してしまう。

「なぜ笑うのですか」

「だ、だって……ぷぷっ、声の雰囲気《ふんいき》とやってること、すごいギャップがあるんだもの」

なんだか、普段は優等生の子が教科書を忘れて困ってるようで、微笑《ほほえ》ましい。

「あなた、ジュース飲みたいの？」

「はい」

「じゃあちょっとまって。これで買うといいわ」

メロンはがま口の財布を取り出す。今のメロンにとってジュースを買うお金は命に関《かか》わることなのだが、なんだか放っておけなかった。小銭を取り出しながら背後に呼びかける。

「ねえあなた。『愛して欲しかっただけなのに』ってどういうこと？」

「ああ……」少女の声が曇《くも》る。「聞いていたのですか」

「どうしたの？　だれかとケンカでもしたの？」

少女はしばし沈黙し、「……私の大切な……主人に嫌われてしまったのです」と答えた。

「しゅ、主人？　旦那《だんな》さんのことじゃ……ないわよね。あなたどういうひと？」

百二十円を手に、くるっと振り返る。

向こうもこっちを振り返った。

十七歳くらいの少女だった。

声の印象そのまま、大人びた端正な顔立ちをしていた。

目があった。

二人同時に飛びすさっていた。

「……なっ!?　あなたは！」距離を取り、叫ぶ。

少女もこちらの顔を見て、驚きに目を見開いている。

左耳と、右耳。二人の耳で、それぞれプルタブが揺れていた。

◆　◆　◆

ひとり悶々《もんもん》と考えている。

アキカンたちが、なぜ戦おうとするのか。

──二年前。カケルはなじみを助け、誘拐犯の二人に瀕死《ひんし》の重傷を負わせた……らしい。

本当によく覚えていない。無我夢中だったし、頭を強くぶん殴られて意識がトンでいたところもあった。ふと目を覚ますと病院のベッドの上だったのだ。

よくマンガなどで、主人公が敵をばったばったとなぎ倒す爽快《そうかい》なシーンがあるが、実際体験してみるとそれとはまるで違った。だれもカッコイイだなんて思ってはくれない。不気味がられる。それもそうだ。当の本人だって気味悪がっているのだから。

犯人たちは、集中治療室の中でいくつもの管につながれて意識を失っていた。

助かったのは奇跡的です、と医者は言った。

見た目、ただのおっさんだった。こんなことするとはとても思えない、平凡な。

実際、ただのおっさんだったらしい。少なくとも、リストラにあうまでは。

廊下の椅子《いす》では、その家族たちが途方にくれた顔で警察の話を聞いていた。

同情するつもりは、まったくない。

でも、じゃあいったいだれが得をしたというのだろうか？　だれも幸せになってないじゃないか。

カケルも、なじみも、誘拐犯も、その家族も、だれも幸せになってないじゃないか。

それに気づいたとき、カケルは悟った。

争いはだれにも得をもたらさない。

『ケンカはよくない！』などという単純な感情論ではなく、現実的な利害論において。

だから、もうそんなことはさせたくないと思った。だれにも、絶対に。

なのにメロンは制止を聞かず、勝手に戦おうとする。ぶど子《こ》もそうだったらしい。

……なんでだよ。そんなに缶の運命が大事なのか？　自分の幸せなんかどうでもいいのか？

〝幸せってなに？〟

〝あたしたち缶の幸せって、なによ〟

メロンは言った。辛《つら》そうな顔をして、そう言った。

〝──あんたに、あたしたちの気持ちなんかわからないわ〟

「…………なんなんだよ、ちくしょう」わしゃわしゃと髪をかき回す。

憂《う》さ晴らしにジゴローでも殴ろうかと思い、そこでふとあることに気づいた。

「……ん？　おい、なじみが帰ってくるの遅くねえか？　もう三十分くらい経《た》つだろ」

「んあ……そーだね。ついでにコンビニで買い物でもしてんじゃないのかな」

ようやく鼻血が止まったジゴローが気のない返事をする。

「おい東風《こちかぜ》。てめえは心配じゃねえのかよ」

「……ボクのことはしばらく放っておいてくれないか」

なじみにふられたショックで、揺花《ゆりか》はベッドで寝込んでいる。

「フラれたくらいでなんだ。いつもあんなに余裕ぶっかましてるくせによ」

「魔女でも失恋は辛いのだよ……。そんなに心配なら電話すればいいだろう。最近は『けーたいでんわ』という文明の利器があるというじゃないか。もう精神感応という時代じゃないな」

「電話したくっても、なじみのやつケータイ忘れてったんだよ」

「じゃあ探してきてくれ。ボクはこのベッドで幻想の中のなじみんと寝る」

揺花はそう宣言して三秒後には寝息を立てていた。

「ったく、しょうがねぇなぁ……おいジゴロー」

「僕もやだよ。いま動いたらまた鼻血が……」

「そうじゃねぇよ。傷心の東風《なぐさ》を慰めてやれ」

「ああ、そういうことだったら——って、なんだってぇ!?」

素《す》っ頓狂《とんきょう》な叫びを上げる。なにを勘違《かんち》いしているのか。

「いや……でもそんな……ふられて傷心している女の子を狙うのって卑怯《ひきょう》じゃ……」

「そういう時こそ男の出番じゃないか。男を見せろジゴロー」

「で、でもさっ。東風さんは僕のことなんかなんとも思ってないようだし、脈はないっていうか…………でもこれはまたとないチャンス、いやダメだ、そんな邪《よこしま》な考えは……」

語尾が尻《しり》すぼみに小さくなっていき、ぶつぶつと悩ましげに呟《つぶや》き始めた。

カケルはそれに構わずリビングを出て、玄関で靴を履《は》く。

「……いや、もしかしてこれは運命なのかもしれない。神様が僕に与えた使命なのかもしれない。彼女を……東風さんを守るという使命！　そうだ、ここで僕がやらなかったらいったいだれが彼女を慰めるっていうんだ！　僕しかいない！　僕はやるよ！」

カケルは外へ出た。


よく、不良マンガなどで自販機の周りにたむろしているヤンキーが出てくる。

初めはそれかと思った。

自販機の前。煌々《こうこう》とした灯《あか》りを頭に受けて。

なじみが座り込んでいる。周囲にいくつもの空き缶をはべらせて。

「ひっく……ぃっく、あー、カケルちゃんだぁ」

でろんでろんに酔っぱらったなじみがこっちに顔を向ける。

カケルは、呆《あき》れ半分、安堵《あんど》半分でなじみに近づいていく。

「おいなじみ、なんでここで飲んでんだよ」

「カケルちゃんっ、カケルちゃんっ、聞いて聞いてっ、あのね、あのねっ」

なじみが手を引っ張ってとなりに座らせてくる。

空き缶の数はひぃふぅみぃ……八本ある。全部コーラなどの炭酸ジュースだ。

なじみはカケルのTシャツの裾《すそ》をくいくい引っ張りながら、

「ちがうんだよ、なじみね、もうね、炭酸じゃなくってね、べつのじゅーちゅを買ったの。でね、飲んだの。なじみ酔っぱらってないよ。そしたらね、そしたらね」

　そこで突然。

「そしたら………うぅっ……うぅ～、うぇえええええん！」

　泣き出した。

「え⁉　おいなじみ、なにが、どうし、は⁉　ほ？　ちょっと落ち着、へ、なにが？」

　なじみはカケルの胸に顔をうずめて、もじもじばたばたと泣きわめく。

「うぇえ、ぁあああん！　なんでっ！　なんでたすけてくれなかったのカケルちゃぁあん！」

「なんの話だよ⁉　ワケワカメだって！　なにがあったんだよ！」

「カケルちゃんとするはずだったのにぃ！　だいじに取っておいたのにぃ！　なのに、なのに～～～っ！　カケルちゃんのばかぁ！　カケルちゃんのせいだぁ！」

　ぽかぽかと胸を叩いてくる。カケルは必死に落ち着くよう言うが、なじみは止まらない。

　なにがなんだかわからないが、ただ酔っぱらってクダを巻いてるだけではなさそうだった。

　やがて叫び疲れたのか、ひっく、ひっくというすすり泣きのみが残った。

「ねぇカケルちゃん……」ぽつりと言う。

「……なんだ」

「なじみのこと、好き？」

　またそれか、と思った。まったく、手に負えない。

「ああ、好きだよ」

酔ってるからいいと思った。どうせシラフになれば忘れる。

「えへへ～、カケルちゃんもなじみのこと好きなんだぁ」

泣き顔から満面の笑みへ。「も」ってなんだ「も」って。東風のことか？　まぁ、他にもこいつに気がある男はいっぱいいるしな……

「じゃ～ゃあ、なじみとぉ～……デート、してっ！」

「はあ？　デートぉ？　お前なあぁ、いくら酔っぱらってるからって」

「でえとぉお！　しよっ！　いこっ！　いいよって言わなきゃ吐いちゃう。うげえええ」

「うおっ！　わかった！　わかったからやめれ！　してやるよデート！」

「……ほんと？」

なじみの頭が、首が座ってない赤ん坊のようにカクッと横へ傾《かし》ぐ。

「ああ、ほんとだ」

頷《うなず》きながら、その頭をすちゃっとまっすぐに直してやる。

「ほんとにほんと？」カクッ。

「ほんとにほんとだ」すちゃっ。

「ほんとにほんとにほんと？」カクッ。

「ほんとにほんとにほんとだ」すちゃっ。

「……日本刀？」

なにを言っているのだね君は。

「でーとぉ……へけへけ、カケルちゃんとデートぉ、へけへけ」

なじみはへけへけと笑いながら、でーとでーと、と幼女のように何度もくりかえす。

思わずOKしてしまったが、まあ明日になれば忘れてるからいいだろう。

カケルはなじみの体を引っぺがすと、落ちている空き缶を丁寧《ていねい》に集めてゴミ箱に捨てた。

「じゃあ行くぞ。こんなところで酔っぱらってると通報されちまう」

「カケルちゃ～んだっこぉ～。へけっ、へけへけっ」

「甘えるな。それとその気色《きしょく》悪い笑い方やめろ」

へけへけっ。へけへけへけっ。

◆◆◆

部屋に帰ると、眠っている揺花の手に、なぜか血のついたダンベルが握られていた。

ジゴローがボコボコの血まみれで床に倒れている。


きつく握りしめた百二十円が、痛い。

メロンは三メートル先の少女のことを見ている。

「…………あんた、アルミのアキカン？　あたしとやるつもり？」

「空き缶……？　それは私に対する侮辱《ぶじょく》ですか、スチール缶よ」

「は？　あんた、ひょっとして少女化《ガーリッシュ》――人間の姿になったばっか？」

「そうですが」

「じゃあ、まだなにも知らないのね。オーナーはどこ？　……ってそっか、嫌われちゃったんだっけ？　さっき言ってたもんね」

「――」

「……ぷっ」

憮然《ぶぜん》とした少女の顔がおかしくって、メロンは悪意なく笑った。

アルミ缶は大嫌いだが、オーナーと袂《たもと》を分かったという点で変な共感を覚えてしまう。

「あははは っ！　そう気を落とすんじゃないわよ。あたしだって似たようなもんなんだから。なにがあったか知らないけど、ほんと、ヘンなオーナーを持つとたいへんよね――」

「――アイソトニック・ソード」

本能的に後ろへ跳《と》んだ。

ヒュンッ！　となにかがヘソの前を通過する。

メロンは受け身を取ることもできずに無様《ぶざま》にアスファルトを転がり、浅瀬の川で溺《おぼ》れかかっている子供のようにじたばたと立ち上がる。

少女が、なにか棒のようなものを振るってきたのだ。

剣だ。長さは一メートルくらい。少女の手の甲《こう》から伸びている。不思議なことに、刃《やいば》の部分が半透明になっている。尋常《じんじょう》な武器ではない。清涼飲料魔法だ。半透明なので詳《くわ》しい形状はよく確認できないが、レイピアのような細い両刃のもののようだった。

まさに紙一重《かみひとえ》だった。あともうゼロコンマ数秒動くのが遅かったら、やられていた。

「……不意打ちとは見損《みそこ》なったわ。やっぱり、アルミ缶なんて大ッきらい」

少女は自販機に取って返し、そこへ拳《こぶし》を叩き込んだ。二発、三発――まるで発泡スチロールのように自販機に拳がめりこみ、プラスチックや金属片が宙を舞う。照明が切れるくらいまで完全に破壊すると、少女は空《あ》いた穴からジュースを引きずり出した。

『エール《Yell》』という、アルミ缶のスポーツドリンクだった。少女はそれを飲むと、

「私のオーナーのことを愚弄《ぐろう》する者は許しません」と、再度メロンに剣を向けた。

それで、メロンのスイッチも入った。

「アルミ缶ってのは冗談もわからないの？　馬鹿《ばか》なんじゃない？」

「スチール缶というのは自分のオーナーを敬《うやま》わないような恥知《はじ》らずなのですか」

二人の瞳《ひとみ》に怒りの烈火《れっか》が宿り、

「アルミ缶なんて図体《ずうたい》ばかり大きくって、強度はぜんぜんないのよね。すぐに潰《つぶ》れてぺしゃんこになっちゃうような貧弱なやつ」

「スチール缶はジュースを入れられる容量が少ない。なのに私たちと同じ値段で売られている。これを人の世界ではぼったくりといいます」

怒りの炎はぐんぐん熱を上げていき、

「むかつくわ。あんたなんか――」

「腹が立ちます。貴方《あなた》などは――」

やがて殺気へと変わり、

「――スクラップにしてあげる」

「――スクラップがふさわしい」


臨界点《りんかいてん》を超えた。

「シッ!」

少女が駆ける。

迅《はや》い。

だが、そのスピードはもう知っている。

後ろ上空へ大きく跳躍《ちようやく》。足下を少女の振るった剣が通過。上空で宙返りをし、背後のビルの壁面に直角に着地。重力に引っ張られる前に三角飛びの要領でさらに上へ。

およそ三メートル下では、勢いあまってたたらを踏んだ少女がこっちを見上げている。

落ちてきたところを討《う》つ、とでも言いたげな顔だった。無論そうはさせない。

空中で両手を交差させ、気を集中、

「メロメロ――」と、そのとき。

気配がした。

二人は同時にそこを見た。

大通りへ通じる路地から、複数の人の気配が近づいてきた。

「く！」メロメロメロンを撃つのをやめ、少女から離れた場所へ着地する。

「……しょうがないわね、場所を変えるわよ」

しかし少女はあの半透明の剣を消そうとしない。

「ちょ、ちょっと。ここで戦ったら人間に見られちゃうわよ」

「命乞《ご》いですか。人間に見られても構いません。それらを全員殺せばそれで済むこと。私のオーナーを愚弄した罪、しっかりと貴方の首で払って頂きます」

メロンの背筋《せすじ》に冷たいものが流れた。言ってることがむちゃくちゃだ。無表情のせいで気づかなかったが、どうやら少女は完全にブチ切れて冷静さを失っているらしい。

やがて、少女の後ろの路地から人が何人もやってきた。

少女がくるりと振り返る。――先にそっちを殺《や》るつもりだ。

「くっ！　こっちよペコカン！」

少女を挑発《ちょうはつ》して、駆けだす。

「ペコカンとはなんですか。愚弄の言葉ですか」

少女がこっちを顧《かえり》みて、チーターのような速さで追いかけてくる。

なんとか人目につかないところまで逃げ切らなくてはならない。しかも、街にいる多くの人間たちに気づかれずに、そして傷つけないよう守りながら。その上どこかでジュースも補給しなくては。自販機で買うだけの時間を敵が与えてくれるか――

「くっ……条件が悪すぎる！」

メロンの長い夜が始まった。

◆◆◆

なぜか床で寝ていた。血圧の上がらない頭でぼうっと天井を見上げている。

「……そうだ、メロンを起こして学校行かねえと」いつもの習慣でそう思った。痛む背中に顔をしかめながら立ち上がり、よろよろと冷蔵庫へ向かう。途中、なぜかジゴローの死体があったので腹を踏んで通った。悲鳴が聞こえた気がしたが、気のせいだろう。冷蔵庫、冷蔵庫、と呟きながらダイニングへと出て、冷蔵庫を開ける。

真っ暗だった。そして空《から》っぽだった。それで思い出した。

「………ああ、そっか。ここ、なじみの部屋だっけ」

なじみ曰《いわ》く、冷蔵庫が一番電気を食うらしい。そのため、夏場以外はほとんど冷蔵庫は使っていないのだそうだ。代わりに、発泡スチロールの箱にドライアイスを入れて代用している。

ぱたん、とドアを閉めてまたリビングへ戻る。ベッドでは揺花が眠っており、なじみはガラステーブルに顎《あご》を乗せるような体勢で座って寝ていた。器用な奴《やつ》である。

壁時計は七時を指し示している。習慣でいつもの時間に起きてしまった。

テレビをつけると、朝の報道番組がちょうど始まったところだった。大抵《たいてい》は昨日のスポーツ
のハイライトから始まり、メロンはこれの野球コーナーが好きだったのだ。

「…………メロン」ブラウン管の前で膝を抱える。

いまどこでなにしてんだよ……お前の好きな阪神、負けちまったぞ……

やがて、ハイテンションなニュースキャスターの声で、他の面々が起き出してきた。

「う～、頭がガンガンするよ～、きもちわるいよぅ……ゆりりんはだいじょぶ？」

「ボクは平気さ。魔女はエロいことをするときしか酔わないからね。それにしても、炭酸でも二日酔いってあるんだな。シャワーを浴びればきっとすっきりするだろう。さ、行こうか」

「うん……ありがとー」揺花に助け起こされ、なじみが立ち上がる。

二人でリビングを出て行こうとするのを見て、ジゴローが慌《あわ》てて声をかける。

「えっ？　二人で一緒に入るのかい⁉　そ、そそそそれはいくらなんでも不純じゃあ――」

「甘字《あまじ》」ぎろりと揺花が睨《にら》みつける。「キミにそれを口にする資格はあるのか？」

「ひ――す、すみませんっ！」

傷だらけのジゴローがぺこぺこと土下座《どげざ》する。昨日なにがあったんだこいつら。

「あ、カケルちゃん、おはようっ」

「ああ、おはよ」テレビを見ながら気だるく返す。

「あのねっ、あのねっ、カケルちゃんねっ」

「なんだよ」

「うぇへへ～、ううん。やっぱあとでいい」

「なんだよそりゃ」

なじみはえへえへ笑いながら、揺花とともに洗面所へ入っていった。

なんだあいつ。まだ酔っぱらってんじゃねえのか。カケルは呆《あき》れて、またテレビの画面へ意識を向けた。テレビはスポーツからニュースへと変わっていた。

『――次のニュースです。昨日、都内の数ヵ所の自動販売機が何者かによって破壊されるという事件が起きました』

眠気が、完全に吹っ飛んだ。

『警視庁によると、自動販売機はどれもバールのような鈍器《どんき》で穴を開けられ、中からいくつかジュースが盗難にあっているとのことです』

そこでテレビの画面が切り替わり、壊された自販機の映像と、被害にあった自販機の分布図が示された。一つは、ここから結構近い場所にあった。

『――しかし奇妙なことに現金が盗まれた形跡はなく、警視庁は愉快犯《ゆかいはん》の可能性も視野に入れて捜査に当たるとのことです。では次に、不透明な特別会計の肥大化《ひだい》について野党が――』

しばし、呆気《あっけ》に取られる。

なんだこの事件は。自販機が壊されてジュースだけが盗まれた？　まさかメロンが？　……いや、そんなはずない。あいつはそんなことをする奴じゃないし、まだ金だってあるはずだ。

「じゃあいったいだれがこんなことを……まさか」

他のアキカン？　この近くに、べつのアキカンがいるのか？

胸が、ざわついた。

ぶど子の死に様《ざま》が、克明に思い起こされた。

――メロン！

立ち上がる。なにかに急《せ》かされるように足が玄関へと向かう。

なぜだかそわそわしながら座っていたジゴローが、慌てて声をかけてくる。

「お、おいカケル！　のぞきはやばいって！　殺されるよ！」

「悪いがもう帰るわオレ」簡潔にそれだけ答える。

玄関に行き靴を履きかえていると、洗面所の戸が開いて、ひょいっとなじみが顔を突き出してきた。髪が濡《ぬ》れていて鎖骨《さこつ》が見える。どうやら裸《はだか》らしい。

「え？　カケルちゃん帰るの？」

「ああ。ちょっと急用を思い出した。また月曜な」

「ちょ、ちょっとまって！」

なじみの顔が一度ひっこみ、少しすると、バスタオルを体に巻いただけの姿でぱたぱたと出てきた。カケルが面食《めんく》らっていると、なじみはそっと耳元で、

「……デートの約束、ちゃんとおぼえてるよね？」

「あ？」ぎょっとした。「お前……昨日のこと覚えてるのか？」

「ううん……なんかすっごいイヤなことがあって、やけになって炭酸ジュースを飲んだってことまではおぼえてるんだけど……でもでも、あの約束だけはおぼえてるよっ。えへへ」

ちっ、都合のいいとこだけ覚えてやがる。

「……しゃあねえな。じゃあ付き合ってやるよ。それじゃ明日の日曜にでも」

「だめーっ！」水滴を飛ばしながら首を振る。「そんなすぐじゃヤ！」

「は？　なんでだよ、なにか買いたい物とかあるんだろ？　早いほうがいいんじゃ……」

「そんなすぐじゃ面白《おもしろ》くないの！　あともぅ少しでデートだぁ、はやく明日にならないかなぁ、ふふふっって思いながら過ごすのが楽しいんだから！」

「なんだそりゃ」恋する乙女《おとめ》じゃあるまいし。

「とにかく、そんなはやくっちゃイヤ。来週の日曜日とかがいいっ！」

「はぁ……。ったくよー、わかったよ。んじゃ来週の日曜な。時間とか集合場所は学校で話し合えばいいな？　んじゃまたな。ちょっと急いでるからさ——」

カケルはとんとんと爪先《つまさき》を土間に打ちつけてスニーカーを履くと、玄関の扉を開けた。

「カケルちゃんっ！　楽しみにしてるからねっ」

なじみが、本当に嬉《うれ》しそうに笑った。

メロンがいた。

膝を抱えていた。

カケルの部屋の前で、傷だらけになりながら。

「メロン！」

メロンは、まるで子分をはべらすかのように何本もの空き缶を周りに置き、背中をドアに押しつけるようにしてぐったりしていた。

「……カケル」寝起きのように朧《おぼろ》げに名を呼ぶ。

「いったいどうしたんだよ!? だれにやられたんだ！」

「べつにやられてないわよ」むっとする。「ちょっと戦って引き分けただけなんだから」

「やっぱりニュースのあれと関係あるんだな。ずっとここにいたのか」

「…………」ふいっと顔をそむける。

「とにかく中入れよ」鍵《かぎ》を開けてドアを押し開く。

が、メロンは座ったまま動こうとしない。

「どうしたメロン。入れよ」

「……まだ仲直りしたわけじゃないし」

目を合わせないで言う。カケルはきょとんとなった。

「じゃあどうしてここに来たんだよ」

「……だって」

膝に回した手にぎゅっと力を込める。

「ここしか……来るところがなかったから……」

「――――」

急に。

なぜだかわからないが。

抱きしめたくなった。

じーんと、胸の裡《うち》から熱いものがこみ上げてきた。

――はっ。な、なに考えてんだオレは！

カケルは邪念を払うようにあたふたと首を振り、

「な、仲直りとかさ、そんなの関係ねえよ。怪我《けが》してんだから手当てくらいさせろよ」

「……うん」

今度は借りてきたネコみたいに従順に部屋に入ってきた。

幸い、メロンの傷は擦《す》り傷が主で、深い切り傷などはないようだった。カケルは救急箱を持ってきてメロンを椅子に座らせ、跪《ひざまず》いて足にできた傷に消毒液を塗る。

「っ！　もっと丁寧にしなさいよ！」がしがしと蹴《け》ってくる。

「痛いのは生きてる証拠だ。我慢《がまん》しろ。……これ、ちゃんと治るのか」

「治るって、少女化《ガーリッシュ》してるときの傷？　治るわよ、いまは人間と同じなんだから。……ただ」

メロンは心なしか声のトーンを落として、

「缶に戻ったら傷は残るけどね。それはずっと消えないわ。……あたしは缶なんだから」

「…………」

消毒液を握る手が、震える。感情を殺しきれない。

原因はどうあれ、メロンにこんな傷を負わせた相手が許せなかった。

ひととおり手当てをしたあと、二人は食卓に向かい合わせに座った。

「……なるほど、スポーツドリンクのアキカン、か……」

メロンから事の経緯《いきさつ》を聞き、カケルは腕を組んで唸《うな》った。

「あいつムチャクチャよ。ふつう、一般人に見つからないようにとか、少しは相手の話を聞こうとか思うじゃない。でもあいつはそんなことおかまいなし。絶対やばいわよ、あいつ」

幸いメロンが上手に逃げたので、目撃者も少なく、被害も最小に抑えられたそうだが――

「……なあメロン、これからどうするんだ？」

「どうするって……だってあたしとカケルは喧嘩《けんか》してるんだし……」

ちらちらとこっちを見てくる。カケルは言った。

「メロンを襲《おそ》った奴、これからどんな行動を取ると思う？」

「え？　スポーツドリンクのアキカン？　そうね……たぶんオーナーとなんとかよりを戻すと思うわ。あいつ、すごく忠誠心が厚そうだったし……」

「だろうな。それで、もしもそのオーナーがアキカン・エレクトに参戦して、あの男屋《おとや》たちからレーダーをもらっていたとしたらどうなる？」

「！　あたしを追ってくる……わね」手を口に当てて眉《まゆ》をひそめる。

「なあメロン」カケルは真剣に問う。「まだアルミ缶のことを倒そうと思ってるのか?」

「…………」

メロンは沈黙した。それが答えだった。

「どうしてだよ。なんでそうまでして戦おうとするんだ? お前も、ぶど子も、なんで……」

「……あたしは」

メロンはうつむき、しずしずと口を開いた。

「あたしは……ただ……」

そうして、また押し黙った。

「……そうか……じゃあしかたないな」

カケルは暗く言った。それを受けて、メロンも表情を暗くする。

「……ええ、あたしはべつにあんたなんかいなくっても——」

「オレたちもエレクトに参加する」

◇　◇　◇

名刺にあった番号に電話をかけると、男屋はすぐにやってきた。

「マイハニー! 私は寂しかったぞぅ!」

唇《くちびる》をむちゅうと突き出し、両手を広げ、

「さあ！　喜びの抱擁《ほうよう》を——ぶほぅっ！」

咄嗟《とっさ》に殴ってしまったあと、『やべ！』とは思わず、『よくやったオレ！』と切《せつ》に思えるのは、普段の男屋の人徳のなせる業《わざ》か。

「……ひ、酷《ひど》いなマイハニー。そういうプレイは事前に断ってからでないと」

ぼたぼたと鼻血を垂《た》らしながら、倒れた男屋が憮然《ぶぜん》と見上げてくる。

「まあいい。それで？　エレクトに参加する気になったというのは本当かね」

「ああ」

「で、でもっ」メロンが慌てて口を挟《はさ》む。「カケルは戦いたくないんじゃ……」

「ああ。まっぴらごめんだ。勘違いするなよ？　あくまでも『参戦』ではなく、『参加』だ。こんな馬鹿げた戦いを止めるためにやるんだ。こっちもあのレーダーがあれば戦いを回避することだってできるし、こちらから出向いていって説得することもできる」

「ほう……」男屋がにやにやと笑う。

「で、でもあたしは——」

「約束しろメロン。もしもアルミのアキカンと出くわしたら、まずオレがやめるよう説得する。それでももし相手が戦いから降りる気になったら戦うな。お前だって、戦意のない奴を殺すほど乱暴者じゃねえだろ？　……いや、そうでもないか。こいつならやりかねんな」

ガツン、とゲンコツを落とされる。

「いてえ！　ほら見ろ、すぐ殴りやがるじゃねえか！　……とにかく、だ。むやみやたらに戦おうとするな。お前が戦う理由はどうあれ、まずは話し合いだ。わかったか？」

「…………………」

メロンは沈黙した。渋々《しぶしぶ》ながら承知《しょうち》した、ということだろう。

男屋が含むように笑った。

「フフッ、戦いを止めるため……か。青臭い！　実に青臭いね！　最高だよ！　でもいいのかね？　そんなことを私に話して。戦う意思がないのに私が了承《りょうしょう》するとでも？」

「あ……」そういえば。

「くっく……まあいい。カケル君が可愛《かわい》いから聞かなかったことにしてあげよう」

上着のポケットから、あのレーダーを取り出して差しだしてくる。

「もう一度説明しておくと、レーダーの有効射程は半径三キロ。メロン君はスチールのアキカンだから、それはアルミ波しか受信できない。戦いのルールは単純。敵のアキカンを発見し、倒すこと。敵のオーナーを殺しても勝ちは勝ちだが、絶対にやめてくれ。後始末が面倒《めんどう》だ。幸い今のところオーナーが死んだケースはないがね」

男屋は早口に告げると、背を向けて玄関へ向かった。

「ではもうお暇《いとま》させてもらうよ。できればもう少しハニーと卑猥《ひわい》な話でもしたいのだが、生憎《あいにく》これから新しいアキカンのオーナーのもとへ行かなくてはならないのでね」

「新しいアキカン——？　スポーツドリンクのアキカンか！」

「おや？　もう知ってるのかね。流石《さすが》だなハニーは。昨日、グレープジュースのアキカンを回収しに行った際に偶然レーダーに反応してね」


「オーナーの居所を教えろ！」

「駄目に決まってるだろう。審判役の私たちがそれを教えたらフェアじゃないだろう」

そのレーダーで探したまえ、と冷淡に言って、男屋は玄関へと向かう。

「……わかったよ。じゃあ代わりに、一つ質問したいことがある」

男屋の肩に手をやり、引き留める。

「お前、ぶど子を――グレープジュースのアキカンをけしかけて、オレらを襲わせただろう」

「…………」振り向いた男屋は一瞬真顔《まがお》になり、
そしてにやりと唇の端を吊《つ》り上げた。

「そうだよ。良くわかったね、ハニー」


全力でぶん殴った。


「ざけんなこのゲス野郎ッ!!」

「か、カケル……」

男屋は数歩後ろへよろめき、上着の袖《そで》で口から出た血をぬぐった。

そしてずれたメガネをくいっと押し上げると、

「――フフッ、フフフッ、……良いよ、凄《すご》く良いよ、カケル君」

また、にやりと笑った。

「君は最高に良い少年だ。久しぶりに肛門括約筋《こうもんかつやくきん》がうずいてきたよ、フフフッ」

そして再びこちらに背を向けると、ズボンのポケットに手を入れて悠々《ゆうゆう》と歩き、

「では止めてみたまえ。この子供じみた戦いを」

笑みを含みながら、何事もなかったように去っていった。

◆◆◆

「……痛くありませんか？」

公用車のセダンの中。運転手の木崎《きざき》が心配そうに後ろへ声をかけた。

「痛がっているように見えるかね」

「……いいえ。むしろ嬉《うれ》しそうに見えます」

バックミラーから見た男屋は、頬を青紫色にして、なおも含み笑いを続けていた。

「ククッ、やはり彼は素晴らしい少年だ。こんな気持ちになったのはいつ以来だろうね。胸が躍《おど》るとは正にこのことだよ。君もそうは思わないかね、愛鈴《あいりん》君」

「いい加減、その呼び方はやめてください」木崎は少し声を荒らげ、「それと、そういった発言は明確なセクハラ行為です。同性愛を否定する気はありませんが――」

「馬鹿者。そういう意味で言ったのではないのだよ」

「……え？」

「まあ、女の君には恐らく一生理解できないだろうが、よく覚えておきたまえ——」

ミラーを見る。

男屋の含み笑いは。

道化のように、歪《ゆが》んでいた。

「——少年の嫌いな男はいないのだよ、木崎君」

「…………」ぞっと、した。

男屋は嚙《か》み殺すように低く笑いながら、

「木崎君。これから君に活躍してもらうよ。それとA《エー》機関のお歴々《れきれき》に連絡を取りたまえ」

「……！　では、ついに」

「ああ、そうさ」男屋は楽しげにトーンを上げた。「——ついに始まるのだよ」

◆◆◆

……聞こえてくる。まるでイヤホンを耳に入れているような、頭の中に響いてくる声。

仄暗《ほのぐら》い部屋の隅《すみ》に、缶が置いてある。『エール』という、スポーツドリンクの缶。

なじみが口をつけて魂《たましい》を吹き込んだ、缶。

『どうして、そんなに哀《かな》しそうな顔をしているのですか、オーナー』

「！　勝手にしゃべらないでって言ってるでしょ⁉」

引きつった叫びを上げる。

「あなたのせいでっ！　あなたがいなければ、うっ、うっ、……うわあああん！」

またガラステーブルに突っ伏して慟哭《どうこく》する。

なじみの前に、再びあの銀色の髪の少女がやってきたのは、今日の朝、カケルが家を出てすぐあとのことだった。

顔を見た瞬間、一瞬で昨晩のことを思い出した。

自販機で買ったジュースが少女に変化し、キスされたこと。怒りくるってその少女を面罵《めんば》し、「あなたなんか大っきらい！　なじみについてこないで！」と追い払ったこと。その後ヤケになって炭酸ジュースを何本もかっくらい、正体をなくしたこと——

なじみは動転しながらも、大事なお客様が来たからと言って揺花とジゴローに帰ってもらい、ひとまず部屋に入れて彼女から話を聞いた。

……とても信じられなかった。信じたくなかった。でも信じざるをえなかった。

少女が耳のプルタブを引っ張ると、目の前でまた缶に戻ったからだ。

混乱していると、二人の男女がやってきた。経済産業省の役人を名乗る人間。

規格統一課。アキカン・エレクト。アルミ缶とスチール缶の戦い。清涼飲料魔法……

その男女は、敵のスチール缶を発見できるというレーダーを置いて帰って行った。

ショックの連続で、精神が崩壊《ほうかい》しそうだった。

『オーナー。昨日は本当に申し訳ありませんでした。悪気はなかったのです』

缶がまた語りかけてくる。ずっとこんな調子で謝ってくるのだ。

「ぃやあっ！　話しかけてこないでえ！　なじみを巻きこまないでぇっ！　なじみは普通に暮らして、普通に恋して、普通に生きていきたいのっ！」

なじみはベッドに潜り込んで、震えながら耳を塞《ふさ》いだ。

いったい自分はこの缶をどうすればいいのか、そればかり考えて一晩を過ごした。


翌朝、なじみは簡単に身支度をととのえると、意を決して缶を取り上げた。

『オーナー、私は』

「……お願いだから黙ってて。もう少ししたら人間にしてあげるから」

なじみは沈鬱《ちんうつ》な声でそう言って、外へ出た。

一時間ほど歩いて、多摩川《たまがわ》の土手道に出た。ランニングコースにもなっているここは、日曜日だけあって多くの人間が行き来している。なじみはきょろきょろと周囲を見回して、適当な場所を探す。……あの高架下《こうか》がいい。あそこならだれにも見られない。

なじみは草の生《は》えた土手を降りていき、高架下へ出る。ちゃんと周囲から死角になっていることを確認し、すー、はー、と深呼吸をして心を落ち着け、思いきって缶に口をつけた。

缶が少女へ変身し、なじみと口づけをする。なじみはすぐに身を引いて袖で唇をぬぐった。

「ありがとうございますオーナー。では早速《さっそく》、あのアキカンを倒しに参りましょう」

少女が慇懃《いんぎん》に頭を下げ、さっさと歩きだそうとする。

「そうだね。好きにすればいいと思うよ。でもなじみはいかない」

「……オーナー？」少女の目が幾分《いくぶん》大きく見開かれる。

「あなたはもう自由。なにをしても、どこいってもいいの。それはなじみにとっても同じ」

一晩考えた答えがこれだった。自分とこの少女はあまりにも違いすぎる。考え方も、性格も、目的も、存在自体も……。やはり、とても一緒にはいられないと思った。

「はいこれ、十万円はいってるから。これで当分はジュース買えるでしょ？」

なじみはお金の入った封筒とアキカン・レーダーを少女に手渡し、くるりと背を向ける。

「——それじゃ、なじみはもういくね。元気でね」

ちいさく振り返って別れを告げる。少女は手元の封筒になどは目もくれず、なじみの顔をじっと見つめていた。相変わらずの無表情で。

「……っ」なぜだか後ろめたくなり、なじみはそそくさと高架下を抜けて土手を上った。

……そうだ、気分直しに来週のデートの下見に行こう。きっとカケルちゃん、なにも考えてなさそうだし。そう思い、なじみはバスに乗って街へ向かった。

繁華街《はんかがい》に出て、映画館や喫茶店などの場所を覚える。デートのことを考えると、いまから胸が高鳴り、口元がにやけてくる。いったいどんな展開になるんだろう？　もしもキスしたいってカケルちゃんが言ってきたらどうしよ？　雰囲気がよければいいかな？　でもそれ以上はまだダメ！　なじみはそんなカルイ女じゃないもん！

酔った勢いとはいえ、デートに誘うことができて本当に良かった。まだまだ自分の気持ちを伝える勇気はないけれど、こうやってちょっとずつ前進していくのだ。

本当に楽しみだし、こうやってデートの下見をしているいまだって楽しい。

楽しいのだ。本当に。なのに――

「……どうして……こんなにも心が落ち着かないの……？」

ふと気を抜くと、あの少女のことが頭に浮かんでくる。

……あの子、いまごろどうしてるかな？　もう相手のアキカンを見つけて戦ってるのかな？ケガしてないかな？　ジュースは買えたかな？　困ってないかな――――……

「……カンケーないっ。そんなこと、なじみにはカンケーないよ！」

なじみは必死にそのことを忘れようと努めた。足が棒になるくらいまでデートの下見を続け、西の空が赤くなり始めた頃にようやく帰りのバスに乗った。

バスの中でふと気づく。あれだけ一生懸命歩いたのに、どこをどう見て回ったのかという肝心《かんじん》な情報が綺麗《きれい》さっぱり頭の中から消えていた。

ため息をつきながらアパートへ戻る。

部屋が綺麗に片付いていた。

「え……」

床に三つ指をついて深々と頭を下げ、「お帰りなさいませ」と挨拶《あいさつ》をする少女。

「な……なんで」なじみは呆然《ぼうぜん》と玄関に立ちつくしている。

「鍵は下の大家様に開けてもらいました」

「そ、そうじゃなくって！　なんでまたここにっ」

「……オーナーが好きなところへ行けと仰《おっしゃ》いましたので」

少女がゆっくりと面《おもて》を上げる。

また相変わらずの無表情——では、なかった。

「私がここにいてはいけませんか……？　オーナー」

——ああ……この、目は……

カケルちゃんだ、となじみは思った。

あの事件のあとのカケル。ひとりきりでどこにも居場所がなく、迷子の子供のように不安を抱えていたカケル。そのカケルの目に、そっくりだった。

「ごらんの通り、お部屋の掃除や洗濯など、なんでもやります。オーナーのご命令ならばなんでも遂行《すいこう》致します。ですから、どうかオーナーのお側《そば》に——」

「…………」

なじみは無言で部屋に上がり、少女の脇《わき》を通ってリビングに入った。

部屋に点在していた無骨な段ボールの収納箱がなくなり、代わりになじみが渡したお金で買ったと思われるカラーボックスが組み上げられ、その中に本などがきっちりと収められていた。窓や床はぴかぴかに磨《みが》き上げられており、小姑《こじゅうと》のように指を這《は》わせても埃《ほこり》一つない。

「あの、オーナー」

「ま、合格かな」

「はい?」

「メイドの」なじみは笑った。「ちょうど、メイドが欲しかったところなの。やっぱりこんなに部屋がきたないとカケルちゃんに嫌われちゃうから」

やってくれる? えっと……エール、でいいのかな?

「――はい。喜んで」

エールが、初めて微笑んだ。

◆ ◆ ◆

やるか。やられるか。戦いの答えはいつだって簡潔だ。

戦いの無意味さは、充分知っている。しかし、人生には避けがたい戦いがいくつもあることもまた、カケルは知っている。そして、その戦いを受けねばならぬときがあることも――

月曜の朝、教室である。

掃除のときのように後ろの机がどけられ、そこに男たちが集結していた。

どれも、目が血走っている。明確な敵意をもっている。

一対七。それがカケルの形勢だった。勝ち目はまずない。事実、教室の隅《すみ》では先に戦ったジゴローがボロゾーキンにされている。だが、そんなこと問題ではない。

オレの勝利を待っている人がいる。教壇で、他の生徒たちに混じって、メロンが両手を合わせて必死に祈っている。ならば、やらねばなるまい。無意味でも、戦わねばなるまい。

「——ゆくぞ」

よく見ていろメロン。これが戦いの虚《むな》しさだ！

カッと目を見開き、立ち向かう。

カケルは中腰になって「カバディ」を連呼《れんこ》し、相撲《すもう》のすり足のようににじり寄っていく。

敵は互いの腕を掴《つか》み合って扇状《おうぎ》に広がり、カケルのタッチを迎え撃つ。

呟《つぶや》きながら、チョークで床に引かれたラインを踏み越え、敵の陣地に入る。

「……カバディカバディカバディカバディカバディカバディカバディ」

「カバディカバディカバディカバディ、ふっ！」

右の敵に行くと見せかけ、サッカーのフェイントの要領で切り返し、左の敵に飛びつく。

かすかに指先が相手の腕に触れた。一名ゲットだ。このまま自分の陣地に帰れば——

しかし、その瞬間残りの六人がカケルに襲いかかってきた。カケルは踵《かかと》で蹴り上げてひとり倒すが、多勢に無勢でラグビーのごとく次々にのしかかってこられた。

「ぐえっ！」

「よし！　やっちまえ！　甘字《あまじ》から聞いたぞ！　なじみちゃんの家に泊まったらしいな⁉」

「しかもオマケに東風《こちかぜ》さんまで！　畜生《ちくしょう》！　メロンちゃんといい、なんでお前だけ！」

「男女雇用機会均等法のように、男女交際機会均等法を作るべきだっ！」

どしどし、べき、がち、ぐし、ぼふ！　ぐにゃ！　きーん！

その時、がらがらっとドアが開かれた。

「……みんな、なにやってるの？」

なじみがきょとんとそれを見下ろしている。後ろには揺花《ゆりか》もいる。

スライムが集まってキングスライムになろうかという態勢だった。その一番下に、ボロボロになったカケルが埋まっているのを見て、なじみの顔色が変わった。

「！　カケルちゃんをいじめてるの⁉」

「いやっ、違うっ！　違うんだぜ！　ほら、なんつーかこれはさ……」

「そ、そう！　体育祭の練習だよ！　ピラミッドの練習！　失敗しちゃってさ！」

男たちがどぎまぎしながらどく。

「なーんだ。そうだったのぉ。つんつん。カケルちゃーん。生きてるぅ？」

「………死んでる」

「そっ。大きなケガがなくてよかったねっ。じゃあみんな、机をもどそ！　先生くるよ！」

なじみの一声でめいめいみんなが机を戻しにかかる。

一件落着。……教室の隅に倒れているひとりを除いて。

「うぅ～……どうしてみんな僕に気づかないんだぁ……」

己《おのれ》の存在感の薄さを悲観していると、

「おや？　そんなとこで何をしているんだい甘字」

「！　東風さん！　聞いてくれよ、あのね、あのね」

「そうかわかった。浜に打ち上げられたクラゲの物真似《ものまね》だな。君にぴったりだ」

揺花はそう言ってくるりと背を向けた。

「………………――――」がくっ。

甘字五郎《ごろう》、十六歳。若すぎる死であった。が、やはりだれにも気づいてもらえなかった。

一方、カケルは痛む体を引きずってメロンのもとへ向かっていた。

「おい見たかメロン！　オレ様の勇姿を！　これが益荒男《ますらお》ってもんだろう⁉」

「しねばよかったのに」

「　　　　」

「……あ。カケルちゃんの顔が運慶《うんけい》の仁王《におう》像みたいになってる……」

会心《かいしん》の死に顔であった。

「もっとボコボコにされると思って期待したのに、あれくらいで終わって……つまんないの」

「――て、てめえ！　一昨日《おととい》のしおらしさはどこへ行った⁉」

怒りがカケルを地獄から呼び覚ました。荒々しくメロンの肩を掴む。

きらり、と左耳のプルタブが揺れて光り、
あっ‼　となじみが大声を上げた。

「な、なんだよなじみ。忘れ物でもしたか？」

「え、あ……う、ううん！　なんでもないの！　あは、あはははっ！」

「?」なんだか様子がおかしい。

「ちょっとカケル！　それよりこっち来なさい！」

なじみを心配する暇《ひま》もなく、腕をずずずっと引っ張られて教室の隅に連れて行かれる。

「あなたねえ、いったいどういうつもりなの!?　なんでそんなのほほんとしてるのよ！」

「なにがだよ。エレクトのことか？　だから言ったろ、オレは戦う気はないって……」

「もしも敵が襲ってきたらどうするのよ！」

カケルは鼻をほじくりながら、ほげ～っと答える。

「そんときはそんときで考えればいいじゃ～ん。ふぉ～」

「エレクトを止めるって話はどうなったのよ！　あんなに熱く語ってたじゃない！」

「だってさ～、どうしようもないじゃ～ん。レーダーにはなんも反応ないし～」

「くっ……」メロンが忌々《いまいま》しそうに睨みつけてくる。

「だぁからさぁ、メロォ～ン。オレたちはフツーにしてりゃあいいんだってぇ。こうやってまたガッコウにも来れたわけだしさぁ～。イマを楽しもうぜイマを～」

「………どうせあたしたちのことなんかどうだっていいんでしょ」

押し殺した声。

「あぁ?　なんでそーなるんだよ。いったいオレのどこが、」

「だってそうでしょ！　いつもいつもそうやって、結局あたしのことなんか全然考えてないんだわっ！　本気で思ってないからそんな――」

そのときチャイムが鳴り響き、同時に担任が入ってきた。

「……ふん。あんたあとで千本ノックの刑だかんね」メロンは渋々引き下がり、席へ向かう。

なんつー捨て台詞《ぜりふ》だよ、と思いながらやれやれとカケルも席につく。

教壇についた担任が朝の連絡を話す。

「あー、みんなもすでに知っているだろうが、講堂が何者かによって滅茶滅茶《めちゃめちゃ》に破壊されているのが一昨日発見された。そのため警察の捜査が入って、今も講堂の周囲が封鎖《ふうさ》されている。許しが出るまで立ち入らないように。それと昨日、数学の安達《あだち》先生が急病で入院されたという連絡が入った。なので今日から新しく非常勤の先生に来てもらうことになり――」

長話を聞き流しながら、カケルは横のなじみを盗み見ていた。

口をぽかーんと開けて、どこか上《うわ》の空だった。まるで幽霊を見てびっくりして、後々になってあれは本当に幽霊だったのだろうか、と思い出しているかのような。

「……おい。おいなじみ、どうしたんだよ」こそっと話しかける。

なじみは気の抜けた顔のまま、のろのろとこっちを振り向き、

「カケルちゃん……なじみね、おとつい、ついでにデートの下見にいったんだよ」

「はあ？　なに言ってんだよ」

なじみはそこで突然必死な顔になり、

「デート。ちゃんと約束おぼえてるよね？」

「お、覚えてるけどよ、そういうこと迂闊《うかつ》に言うなよ。また周りから誤解されちまうだろ」

「そう……よかったぁ」なじみはほっとした顔になり、「でねでね、なじみね、面白そうな映画見つけたの。『アタック・オブ・ザ・キラートマト』っていう昔のやつでね——」

急に元気になってデートのことを話し出した。逆どなりのメロンは、夏場のセントバーナードみたいにだるそうに机に突っ伏している。

そうして延々《えんえん》と続けられたデートの話は、しかし。

一時限目の数IIの教師が入ってきた瞬間、破られた。

「みなさん初めまして。今日から臨時で数IIの教科を受け持つことなった——」

三人はあんぐりと口を開け放した。

「——木崎《きざき》です」

授業が終わったあと、カケルは木崎を追って廊下で詰問《きつもん》した。

「いったいなに考えてんだよ!? 男屋《おとや》の差し金か!?」

「その『差し金』が『男屋からの命令』という意味であれば、その通りです」

木崎は悪びれることなくしれっと答える。

「わたくしは秘書の資格のほかに教員免許も持っています。問題ありません」

「都合良く先生が入院したことも『問題ありません』のか?」

木崎は答えない。

「目的を話せよ。オレとメロンに関係があることなんだろ?」

「ええ。あなたたちと、この学校にいるもう一人のアキカンのオーナーを視察するためです」

「なっ……！　この学校にもう一人オーナーがいるのか！」

　寝耳に水だった。

「はい。もちろん誰かは申し上げられませんが、この学校の生徒です。ですから、メロンさんが学校に来ていることは、かなりのリスクが伴《ともな》うと思われます」

　カケルは慌てて周囲を見回した。休み時間に入り、多くの生徒たちが廊下を行き来している。この中のだれがアキカンのオーナーであってもおかしくないのだ。

「なにも対策を取らなくていいのですか？」

　チッ、と舌《した》打ちをして急いで教室へ戻った。

　教室の隅でこそこそとメロンに事情を話す。

「なんですって!?　この学園に？　……まずいわね、じゃあこの耳のプルタブは髪でうまく隠したほうがいいわね。それともあたしはもう学校へは来ないほうが――」

「いや、このままでいい。むこうが気づいて近づいてきてくれたら話は早い」

「でもいきなり攻撃されたら……」

「大丈夫だ。少女化《ガーリッシュ》したアキカンをこんなとこに連れてくるはずないし、缶で持ってきているにしても、もし学校で少女化《ガーリッシュ》させたらこっちのレーダーが反応してすぐにバレちまう。学校にいる間は取りあえず安全だ」

「なるほどね……でも多少は注意は必要でしょ。学校の外へ出たらそのときは……」

「確かに……な。むこうのオーナーの真意がわかるまで、油断はできねえな」

くそっ、せっかくメロンに平和な日常を送らせてやれると思ったのによ！

しばらくは要警戒《けいかい》という結論になり、カケルは重い足取りでなじみのもとへ向かった。

「……なあ、なじみ」

「なっ!? なに!? カケルちゃん！」なぜかびくっと怯《おび》えるなじみ。

「いや、約束してた日曜日のあれのことでさ、ちょっとな」

一転、なじみの顔が輝く。

「うっ、うん！ さっきも話したけどね、まず靴屋さんにいくでしょ？ それから、」

「あー、悪い」カケルは後ろめたさに頭を掻《か》いた。「……ちょっと行けなくなったんだ」

「え……」なじみの笑顔が固まる。「…………そ、そう！ 用事ができたの？ じゃあそのつぎの日曜日に――」

「いや……多分しばらくは無理だ。わりぃ、本当に大事な用なんだ」

「そー……なんだ……」なじみはしばらく目をしばたたかせ、それから許すように笑った。

「あははっ、そっか。じゃあしょうがないよねっ！ じゃあそれが終わったら言ってね！」

カケルはそれでほっと息を吐き、ホント悪かったな、と言ってメロンのもとへ戻った。

なじみの笑顔の奥に秘められた哀しみを、カケルは知らない。

放課後、カケルとメロンは講堂へ向かった。

周囲を警戒しながら封鎖テープをくぐり抜け、裏手へ回る。講堂の壁とコンクリの塀《へい》に挟まれた、幅二メートルほどのスペース。ここなら一般人はやってきまい。

「じゃあメロン。缶に戻れ」

「……ほんとうにやるの？」メロンが困ったような顔をする。

「大丈夫だって。たとえどんな奴がやってきても説得してみせる。オレを信じろ」

「…………」

メロンがプルタブを引っ張って缶に戻る。落下してきたところをカケルがキャッチ。

ここでメロンを少女化《ガーリッシュ》させれば、アルミ缶のオーナーが持っているレーダーに必ず反応するはずだ。向こうがその気なら絶対に来る。

「じゃあ少女化《ガーリッシュ》させるぞ、メロン」

『……』変な間のあと。『……うん』

とメロンは小さく答えた。

その態度で、ようやく気づいた。この作戦は、向こうがやってくるまで何回も少女化《ガーリッシュ》を繰り返さなくてはならない。つまり、その度にメロンとキスをすることに……

——ちっ！　メロンがこんな態度取るから、ヘンに意識しちまうじゃねえかよ！

これはキスじゃねえ、少女化《ガーリッシュ》するための儀式だ、ただ唇が触れるだけなんだ、不可抗力なんだ、と必死に自分に言い聞かせ、ええいままよ、と思いきって口をつけた。

冷たく固い感触から、ぷにりとした柔らかい感触に移り変わる。

陶然《とうぜん》と胸が高鳴る。何度やっても慣れることはない。気恥《きは》ずかしさからすぐに唇を離したいと思う自分と、もっともっとメロンの唇と繋《つな》がっていたいと思う自分がいる。

けれども、答えなんか初めから決まっている。カケルがどう思おうと、メロンのほうから突き飛ばすように唇を離してしまうのだから。

――と思いきや、今回は違った。いつまでもメロンの唇が離れない。

え？　と思い、目を開けると、ちょうどメロンも目を開けたところだった。

キスをしたまま、二人が超至近距離《しきんきょり》で見つめ合う。

「――！」

「――！」

同時に身を引き合い、背中を向けてごほごほと空咳《からぜき》をする。

どうやらメロンのほうもむこうから唇を離すのだろうと思っていたらしい。

「さ、さあカケル！　集中して！　どこから敵がやってくるかわからないわよ！」

「お、おう！　わかってらあ！　どーんと来いってんだ。うわはははっ！」

二人は赤面しながら威勢《いせい》良く意気込んで見せる。しかし、それ以上会話が続くことなく、互いに無言になる。変に相手を意識し合っているのが、互いに手に取るようにわかった。

初めの十分ほどは、いつ敵がやってくるかわからないという『緊張感』のせいにできたが、それ以上経ってなおも無言が続くと、どんどん気まずくなっていく。二人は少し距離を取り合って、講堂の壁に背を預けて座り込んだ。キスしてから三十分。まだだれもやってこない。

無言。とくんとくんという胸の高鳴りが、静まらない。

でも……イヤじゃない。

漠然《ばくぜん》と、思った。

メロンとこうしているのは、イヤじゃない――

キスをして一時間。カケルはそっと口を開いた。

「……なあメロン」

「……なに？」

「……もう一度、やってみるか」

「…………うん」

結局、だれもやってはこなかった。

◆
◆
◆

泣いたカラスがもう笑い、そして笑ったカラスがすぐに泣く。

〝……ちょっと行けなくなったんだ〟

カケルのたった一言で、なじみの晴れ晴れとした気持ちは再び奈落《ならく》の底へ落ちた。

「……なんで……やくそくしたじゃない、カケルちゃん……」

なじみはベッドにうつ伏せに寝て、枕に顔をうずめている。

「——失礼しますオーナー。お食事の用意ができました」

戸が開かれ、ダイニングからフリル付きのエプロンをつけたエールが入ってきた。

「……いらない。なじみ、食べたくない。エールが食べて」

「私は基本的に何も食べることができません」

「じゃあ捨てて」

「もったいないオバケはいいのですか?」

「……出てもいいもん。追いかえしてやるんだもん」

ふてくされて寝返りを打つ。

メロンの耳のプルタブを見た瞬間、なじみはすべてを悟った。

——メロンちゃん=アキカン。スチール。いとこじゃない。カケルちゃんが嘘《うそ》を。なじみに嘘を。いっしょの部屋で暮らしてて、少女化《ガーリッシュ》するときはキスを。キスを。カケルちゃんとメロンちゃんがキスを……

目の前が、真っ暗になり、そして。

しかたない。

なじみの思考回路はそういう答えを導いた。

自分がはからずもエールとキスをしてしまったように、きっとカケルも不可抗力でメロンを少女化《ガーリッシュ》させてしまったのだ。なじみに嘘をついてメロンを学校に通わせているのも、カケルの優しさからに違いない。だから、しょうがない。カケルちゃんはなにも悪くない。

そう思考し、納得したのだ。無理矢理にも納得したのだ。なのに……

「オーナー。いったいどうされたのですか。朝は元気だったのに、何があったのですか」

「カケルちゃんがデートを……ううん。なんでもないの」

――ぴーっ、ぴーっ、ぴーっ
「なっ、なにっ？」がばっと起き上がる。

ガラステーブルの上に置かれたアキカン・レーダーから、アラーム音が鳴っていた。

手に取ってみると、ここ近辺の地図が描かれた画面のとある箇所が、赤く点滅していた。

弓月《きゅうげつ》学園の……講堂の辺《あた》りからだった。

ここから反応があるってことは……メロンちゃんが少女化《ガーリッシュ》したの？　ということは――

「カケルちゃんと……キスを？　――やあっ！」

急に汚らわしさがこみ上げてきて、なじみは衝動的にレーダーを壁に投げつけた。

エールが歩いていって拾い上げる。さすがはスカイエアーグループの親企業で、世界屈指《くっし》の技術力を誇る森中《もりなか》グループ製。びくともしていなかった。

画面の赤い点滅を見たエールが、感情の読めぬ淡々とした声で言った。

「ここに、スチールのアキカンとそのオーナーがいるのですね」

「！　だめっ！」慌ててエールからレーダーを取り上げる。

「やくそくしたでしょ！　なじみが命令しないかぎり、勝手に戦ったりしないって！」

「しかしオーナー。私には良くわかりませんが、オーナーにお元気がないのは、そのレーダーに映っているアキカンと何か関係があるのでは」

「いいの……カケルちゃんはなにも悪くない……恨《うら》んじゃだめ、恨むなんて筋ちがい……」

「オーナー……」

「……なじみ、カケルちゃんのこと信じてる。デートをキャンセルしたのも、メロンちゃんとキスしてるのも、きっとなにか理由があるんだよ。……だから恨んじゃだめ」

——カケルちゃんのことを一番愛していて、一番理解しているのはなじみなんだから……

なじみはベッドに潜り込み、必死に自分にそう言い聞かせた。


一時間後。無情にも、アラームがまた響く。

◆　◆　◆

日曜日は良く晴れて、デート日和《びより》となった。

考えてみれば、なじみ以外の異性と二人きりでどこかへ行くのは、これが初めてかもしれない。もっとも、これはデートでもなんでもないんだが……

「ちょっとカケル。ぼ～っとしてないでちゃんと探してよ」

重ね着したカケルの長袖Tシャツの肘《ひじ》を、くいっと引っ張ってくる。

すっかり弓月学園の制服が身に馴染《なじ》んだ、メロンだ。

「探すつってもなぁ……」カケルはジーンズの尻ポケットから紙を取り出す。「こんな似顔絵でどう探せえと……どっちが上向きなのかすらわからん」

紙には、二日酔いのピカソがヤケになって描いたような、実に前衛《ぜんえい》的な絵が描かれていた。

「しょうがないじゃない。絵なんてはじめて描いたんだから」

メロンが唇を突き出してフグみたいに膨《ふく》れた。

繁華街は人だらけだった。思わず高いところに上って「フハハハハッ！　見ろ！　まるで人がゴミのようだ！」と叫びだしたくなるくらい。

今日は、メロンが戦ったあのスポーツドリンクのアキカンを探しに街までやってきていた。

結局、あれから毎日講堂裏で少女化《ガーリッシュ》してみたが、だれもやってはこなかった。

当初はむこうが警戒しているのだと思っていた。しかし、ひょっとして別の理由があるのではとカケルは徐々《じょじょ》に思い始めた。

もしかして、まだオーナーのもとにあのアキカンが戻っていないのではないか――

「オーナーと喧嘩したって言ってたんだよな？　まだ仲直りしてないんだとしたら……」

カケルはやる気なく周囲に目を配りながら言った。

「そうね……それか、オーナーの住んでる家がレーダー範囲外で気づいてないとか……」

「いや、学校が終わったと同時にそんなに早く帰れないし、土曜の朝のニュースで見た自販機壊しの犯行分布図から察するに、オーナーは学園の近くに住んでるはずだぜ」

「……ねえ、前から聞こうと思ってたんだけど」

メロンが足を止めて訝《いぶか》しげに見上げてきた。

「カケルはそのニュース、どこで見たの？　アパートにはいなかったわよね？」

「あ？　なじみの部屋だよ。泊まったからさ。あれ？　言ってなかったっけ？」

「え……？」

メロンの目が見開かれる。

「いやっ、違うぞ？　ジゴローと東風《こちかぜ》と一緒にだぞ？　ヘンな意味じゃねーからな！」

「わ、わかってるわよ！　あたしだってそういう意味で聞いたんじゃないわよ！」

二人は慌てて顔をそむけ合った。

……っていうか、なんでオレはこんなに必死でフォローしてんだよ！

「………まったく、まるで誤解して欲しくねえみたいじゃねーかよ」

べつにオレはメロンになんて思われようと……カンケーねえじゃねえかよ……

カケルはもやもやしたものを振り払うように早足で捜索を続けた。

だが、これだけ多くの人間の中から特定のひとりを探し出すのは、モハメド・アリが怒りにまかせて川へ投げ込んだ金メダルを探し出すのと同じくらい困難な作業だった。

そうして、収穫《しゅうかく》もなくかれこれ二時間ほど街中をさまよった。

もうすっかり昼時。肉体的にも精神的にも疲れてきて、腹も減ってきた。

「うー……メロンー。ハラ減ったー。めしー」

「しょうがないわね。じゃあそこら辺でちょっと食べてきなさいよ」

まるで立ちションでもさせるかのように言ってくる。

「食べてきなさいよって、お前は？」

「……あたし、食べないし」

「あ……そう、だったな」

迂闊だった。メロンはジュースしか口にできないのだった。

カケルが気まずくなって口ごもっていると、

「はいっ！　メロンだよメロン！　メロン安いよ！」

そんな威勢の良い声が聞こえてきた。

え？　とメロンがお下げを揺らす。カケルもびっくりして周囲を見回す。

いつの間にか商店街に来ていた。道の両端に並んだ各商店の売り子たちが、行き交《か》う人々に威勢良く声をかけている。その中の一つ、果物屋の親父《おやじ》が果物のメロンを持って「メロン！安いよメロン！」と叫び声を上げていた。

カケルとメロンは顔を見合わせ、ぷっと噴《ふ》き出した。

「行ってみるか」

「うん」

二人は果物屋に向かった。

「おっ、お二人さんっ！　メロン安いよメロン！　トンネル栽培の取れ立てメロン！　甘くって美味《おい》しいよおっ！　試食もあるから食べてって！　サアサア！」

角刈《かくが》りのごま塩頭の親父は二人を見ると、皿に小さく切り分けたメロンを差し出してきた。

「お。んじゃひとつ。うわっ、あめえ。喉《のど》が痒《かゆ》いぃ〜」

「熟してる証拠だぁね。サ、そっちのカノジョもひとつどうだい？」

「いや、悪いがオヤジ、ちょっとこいつには――」

カケルは断ろうとするが、すっと横から皿に手が伸びてきた。

メロンだった。じぃぃっと楊枝《ようじ》の先のメロンを見つめている。

「お、おいメロン、大丈夫なのか？」

「てやんでえ！　ウチに置いてあるメロンはどれも国産無農薬で安心だぜあんちゃん！」

「そっちのメロンじゃねえ、オヤジは少し黙ってろ！」

こっちのメロンは、そっちのメロンに鼻を近づけてくんくん匂《にお》いを嗅《か》ぎ、やがて意を決したように目をつむり、思いきってぱくっと口に入れた。

もぐもぐと頬が動き、ごくんと喉が上下する。

「ど、どうだ……？」

恐る恐る尋《たず》ねると、

「……おいしい」

メロンの顔がぱぁっと輝いた。

「ちゃんと食べられるわ！　あはっ」

メロンが目尻《めじり》を下げて朗《ほが》らかに笑った。

「――――」

その、初めてみる表情に、一瞬息が止まる。

すっげえ可愛《かわい》いじゃ……ねえかよ。

思わずぽーっとなり、それからはっと我《われ》に返る。

「あ……あははは！　共食いだなこりゃ！」

「ばか。なに言ってんのよ。おじさん、もうひとつちょうだい」

「おっと、気に入ったかいお嬢ちゃん。カレシに買ってもらえば沢山《たくさん》食べられるぜ」

メロンが、じっと上目遣《うわめづか》いでこっちを見る。

カケルは苦笑いしながら財布を取り出した。

英世《ひでよ》が二枚。あの笑顔がもう一度見れるなら、安いものだった。


カケルはたこ焼きを、メロンはスイカみたいにカットしたメロンを食べながら街を歩く。

「お、服屋があるぞ。ちょっと見ていくか。制服ばっかりじゃお前もイヤだろう」

「え？　買ってくれるの？」

「あとで働いて返せよ」

途中、洋服屋で一緒に服を選んだり。

「あ……ねえ、あれって球団のいろいろなグッズを売ってるお店じゃないの？」

「東京だからどうせ巨人ばっかりだぞ」

「はあ？　なんなのよまったく。でもいいわ。ちょっと寄ってみるわよ」

球団グッズを売っている店に入ったり。

「？　カケル、あそこの店にある透明な箱はなに？」

「あれか？　あれはな、クレーンゲームというものだ。百円を投入して百円以下の品物を取るという、日本人の享楽的《きょうらくてき》な消費社会が生んだ空《むな》しい遊技だ。決してやってはいけないよ」

「やってみたいわ。あのぬいぐるみ、クッションに使えそう」

「人のハナシ聞けよ」

ゲーセンでクレーンゲームに熱中したりした。

途中からもうほとんどアキカン探しのことは忘れていた。

そんなこんなで五時を回り、そろそろどこかで休憩《きゅうけい》して帰ろうかとしていると、

「おっ！　メロン！　あそこの球場で日本シリーズやってるぞ！」

「えっ！　ほんとっ？　ほんとだ！」メロンの顔が輝く。

繁華街の端にでんと構える球場。壁面には日本シリーズの二戦目を告げる大きな横断幕が掲げられ、そのチケット売り場には長い長い行列ができていた。

「観戦してえだろ？」

「うん……でも、いまから並んで当日券って買える？」

「なぁに、駄目だったらダフ屋を見つけりゃあいい」

「だふ屋っていけないんでしょ？　へいきなの？」

「オレは悪い奴とは大抵《たいてい》トモダチなんだぜ？　さ、行くぞ」

「うんっ」

二人は喜び勇んで列の末尾に向かって駆けていった。

人ごみでばらばらにならないように、まるで恋人同士のように手を繋ぎながら——

◆　◆　◆

「…………な……んで」

——その光景を、後ろから見つめる少女がひとり。

「なんで……メロンちゃんといっしょにいるの……？　カケルちゃん……」

どさり、と手からハンドバッグが落ちる。

なじみだった。茫然自失《ぼうぜんじしつ》の体《てい》で、二人の背中を見つめている。

「なじみとじゃなくって、なんでメロンちゃんとデートしてるの……？　カケルちゃん……」

ぶわっと、目から熱い涙があふれてくる。

嗚咽《おえつ》に喉を震わせながら、なじみは悲痛に叫んだ。

「『大事な用』ってこのことだったの!?　カケルちゃん！」

Akikan!
五口目　ばりばり。

昼間っからだらだらとベッドで不貞寝《ふてね》していると、携帯が鳴ったのだ。

〝木崎《きざき》です〟相手はそう名乗った。

木崎は、前回なじみが混乱していたせいで話せなかったアキカン・エレクトの細かいルールなどを教えたい、どこかで会えないかと言ってきた。なじみはびっくりした。レーダーを渡されはしたが、参戦すると言った覚えはなかった。

〝な、なじみはそんなことしたくありません！〟

〝それはあなたのアキカンもそう言っているのですか？〟

〝そ……それは……でもでもっ、エールはなじみの命令はなんでもきくって言ってます！〟

〝そうですか。わかりました。では、そういう話も含めて、今日会って話しましょう〟

木崎は一方的に指定の場所と時間を伝え、ではお願いしますと勝手に電話を切った。

なじみは憮然《ぶぜん》としたが、放っておくのも後味が悪いので、渋々《しぶしぶ》行くことにした。

指定された時間は四時。奇《く》しくも、なじみがデートのために下見した喫茶店だった。

なじみは四時きっかりに入店して、窓際の席に座った。

しかし、十分経《た》っても、二十分経っても木崎はやってこない。……ここでいいんだよねぇ？ と首を捻《ひね》り、なじみは待った。おかわり自由のコーヒーばかりが増えていく。

やがて一時間経ち、五時になった。窓から差し込む光ももう赤みを帯び始めている。

かえろ、と思った。

ひどくみじめな心境だった。カケルだけじゃなく、木崎にまで。まるで世界中の人間が自分のことを避けているかのように感じられた。

……そういえばカケルちゃんはいまどこでなにをしてるのかな……『大事な用』ってなんだろ……きっとすごく大事なことなんだよね。そうだよね？ カケルちゃん。

なじみがそう無理矢理納得し、席を立ったとき――

「え？」

窓の外の雑踏に、カケルの姿を見た――ような気がした。

「カケルちゃん！」慌《あわ》てて会計を済ませ、飛び出す。

道行く人の背中が幾重《いくえ》にも重なり合い、その姿はもう見えない。

なじみは無我夢中で人波を掻《か》き分け、彼が歩いていった方向へ進んでいく。

やがて、野球チームのユニフォームで着飾った人が多くなり、人の流れが一方向に――球場に向かってまとまっていった。なじみもそれに乗って球場まで行き、そして――

「――どうしてなの⁉ カケルちゃん！」

涙ながらに叫ぶ。しかし、二人がそれに気づくことはなかった。なじみは涙と鼻水を垂《た》れ流しながら、迷子の子供のようにただ道ばたに立ちつくすしかなかった。

やがて二人は窓口でチケットを買い、嬉《うれ》しそうに笑いながら球場へ吸い込まれていった。

どこからどう見ても、恋人同士だった。


「っ——!!」

背を向けて駆け出す。大通りに出てタクシーに乗る。三十分強でアパートに到着。タクシーを待たせて階段を駆け上がって部屋へ飛び込み、冷蔵庫を開けてエールをむんずと摑《つか》む。

『お帰りなさいませオーナー。どうなさいま——』


エールが言い終わる前に、なじみはその飲み口に口をつけた。

少女化《ガーリッシュ》。人間の姿になったエールが、珍《めずら》しく驚きの表情を浮かべる。

そんなエールの手を強引に引っ張り、なじみはまたタクシーに乗って球場を目指す。

帰宅ラッシュと重なり、渋滞。なじみは後部座席に座って、じりじりと親指の爪《つめ》を噛《か》む。ただならぬオーナーの様子に圧倒されているのか、エールはなにも話しかけてこなかった。

結局、球場まで戻るのに一時間弱かかった。陽《ひ》はどっぷりと暮れ、もう試合は始まっている。当然チケットがなければ入れないし、そのチケットは完売してしまっている。

なじみは球場の前の広場にあるベンチに腰掛けた。荒ぶる激情が、口から乱れた呼気《こき》となって漏《も》れてくる。肩と首と脇《わき》の筋肉が硬直し、がじがじと骨が鳴る。


「……カケル、という男のせいなのですね」

なじみは答えなかった。声が上手《うま》く出なかった。

「オーナー」

主《あるじ》を前にした騎士のように、片膝《ひざ》をついて頭《こうべ》を垂らす。

「ご命令を」

なじみは膝に乗せた拳《こぶし》にぐっと力を込め、どす黒い声を押し出した。

「カケルちゃんを……こらしめて」

◆　◆　◆

日本シリーズの第二戦は投手戦となり、九時前に試合が終わった。

カケルは他の観客たちと混ざって出入り口を出た。メロンは球場の中にある野球グッズの土《み》産物屋《やげ》を見ていきたいと言って列に並んでいる。

丸一日たっぷり遊んだため、さすがに疲れた。観戦中も、周りの応援団と一緒に飛んだり跳《は》ねたりして騒いでいたので、少しも休めなかった。

ちょうど球場の前に噴水《ふんすい》付きの広場があったので、そこで一休みしようと思った。

──それにしても……メロンのやつ、あんなに嬉しそうな顔もできるんだな。

今日のメロンの顔が脳裏《のうり》に浮かび、思わず顔がにやけてしまう。ここのところ、ずっと思いつめたような表情をしていたため、それがより際だって見える。

広場の噴水のほうへ歩いていくと、ひとりの少女がこっちに向かってくるのが見えた。他の観客たちはタクシー乗り場のほうへ向かっているため、カケルはいまひとりである。

とくに気にすることもなく、噴水の前でその少女とすれ違う。

——今日は来てよかったな。金もそれなりに遣《つか》ったし、肝心《かんじん》のアキカン探しも全然できなかったけど、こういう日があってもいい……。


「貴方《あなた》は最低の男だ」


耳元。

プルタブが、目の端でちらつく。

全身に悪寒《おかん》が駆け抜け、
カケルは身を捻りながら前方へ跳ねた。

脇腹《わきばら》を、半透明の剣がかすめていた。剣は真《ま》っ直《す》ぐ少女の手の甲《こう》から突き出されている。カケルは背中から石畳《いしだたみ》に落ち、勢いあまって後方へでんぐり返り、じたばたと立ち上がる。

慌てて脇腹に手をやる。Ｔシャツは切れているが、痛みもないし、体は大丈夫——

血が噴《ふ》き出た。

「え……？　ぐあぁ⁉」

焼きゴテでも押しつけられたような、強烈な熱と激痛が奔出《ほんしゅつ》。

たまらず腹を抱えて膝をつく。血はとめどなく指の間から流れていき、そこにもう一つ心臓ができたみたいに、ドクッ、ドクッと大きく傷口が脈打つのが感じられる。

「な……お前、は……」全身に脂汗《あぶらあせ》をかきながら、ガクガクと少女を見上げる。

「オーナーを傷つけたこと、万死《ばんし》に値《あたい》する」

噴水を背に、少女は無表情で剣を振りかざす。

球場から出てきたメロンが、「カケル！」と叫びながらやってくる。

少女は構わずカケルの脳天に剣を振り下ろそうとし——

「だめぇ！」

横から飛び出てきた少女に羽交《はが》い締めにされた。

「だめよエール！　なじみ、そこまでやれなんて言ってないっ！」

なじみだった。血まみれのカケルを見て顔面蒼白になっている。

「なじ……み、お前が……まさか」

このアキカンのオーナー……なのか？

「エールのばかっ！　カケルちゃんが、カケルちゃんが死んじゃうじゃないっ！」

「オーナー。この男は殺すべきです。オーナーにふさわしい男ではない」

二人がもみ合い、その隙《すき》にメロンが鬼の形相《ぎょうそう》で駆けつけてくる。

「よくもカケルを！　今度こそスクラップにしてあげるわ！」

「貴方はあのときの——もう逃がしません」

エールが臨戦態勢を取る。——が、なじみがいきなりエールのプルタブを引っ張った。

「オーナー、何を——」

エールの体が透き通り、缶へと変化してなじみの手に落ちる。

「ごめっ……ごめんなさいカケルちゃんっ！　なじみ、なじみはそんなつもりじゃあ——」

ぼろぼろと大粒の涙をこぼし、なじみは脱兎《だっと》のごとく逃げだしていく。

メロンは一瞬なじみを追おうとしたが、カケルの様子を見て血相《けっそう》を変えてこっちに来た。

「カケル！　平気!?」

「平気……じゃ、ねえな……死ぬほど痛ぇ……」

血はまるで止まる気配がない。猛烈な吐き気と悪寒がこみ上げてくる。

「まずいわ、救急車を呼ばないと！」駆け出そうとする。

——が、その手首をカケルが摑んだ。

「だめ……だ。病院へは連れていく……な」

「ムリよっ！　こんな傷をほっといたら、カケル死んじゃうわ！」

「オレなら、なんとか……家へ、連れて行……」

そこで、目の前が真っ白になった。

「カケル!?　カケル！　しっかりし……！　カケ……！」

メロンの声がどんどん遠ざかり、やがてカケルの意識を白が埋め尽くした。

◆　◆　◆

アパートの部屋。

カケルはミイラみたいに上半身を包帯でぐるぐる巻きにされて寝ている。全身にびっしょりと汗をかき、その腹を大きく上下させてぜえぜえと苦しそうに喘鳴《ぜんめい》している。

——あのあとメロンは、制服の上着と土産物屋で買ったタオルで止血し、通りに出てタクシーを停《と》め、運転手を誤魔化《ごまか》してなんとかアパートまで帰ってきた。

カケルの傷は背中近くの脇腹にあり、幅四センチほどの切り傷であった。深さは一センチ弱。ぱっくりと傷口が開き、脂肪まで裂かれている。場所が良かったのか、それともあの剣が特殊なのか、傷のわりに出血は少なく、きつく包帯を巻くと割合早く止血できた。

苦しんでいるカケルを見下ろしながら、メロンは思う。

あたしのせいだ。

あたしがいたから。だから、あのアキカンに命を狙《ねら》われた。

あたしと一緒にいると、それだけでカケルの身に危険が……

「……やっぱり、無理だよね」

これ以上、ここにはいられないよね。

制服をはらりと脱ぎ、丁寧《ていねい》に畳《たた》んでカケルの枕元に置く。そして、タンスにしまっておいたアキカンの服を着る。弁当などを入れる巾着《きんちゃく》袋の中にレーダーと充電器をしまい、それを手首に下げる。タクシーで帰る途中、レーダーに反応があった。場所はもうわかっている。

準備を終えると、カケルの体に布団《ふとん》をかけて、最後にもう一度その顔を見下ろす。

痛みが落ち着いてきたのか、いくぶん表情や寝息が和《やわ》らいでいる。

ぶわっと、カケルと一緒に過ごした数週間が脳裏を駆けめぐった。

もっと一緒にいたい。カケルと、一緒にいたい——

「……だめよ。これ以上、カケルに迷惑かけらんない」

メロンは想いを振り切り、玄関へ向かう。

「メ……ロン……」

リビングの戸を開けたところで、名前を呼ばれた。

振り向くと、カケルが眉間《みけん》に皺《しわ》を寄せてうなされていた。

「なによ、まさかあたしにいぢめられる夢でも見てるんじゃないでしょうね」

メロンは苦笑いをして戸をくぐり、

「——ばいばい、カケル」

幕を引くように、ゆっくりと戸を閉じた。

◆　◆　◆

暗い部屋の片隅《かたすみ》で、なじみは膝を抱えていた。

カケルちゃん……カケルちゃん、カケルちゃん、カケルちゃん、カケルちゃん……

自分のせいで傷つけてしまった。大好きなカケルちゃんを傷つけてしまった。

いや——傷つけただけではすまず、ひょっとしたらもうすでに——

それに想像を及ばせるたびに、体の芯《しん》から震えが来る。

「なんで……なんでこんなことになっちゃったの……？　なじみはただ、カケルちゃんのことが好きだっただけなのに……デートをたのしみにしてただけなのに……」

「……オーナー。どうかお気をお鎮《しず》めください」

「黙りなさいっ！　あなたのせいなのよ!?」

目の前で正座しているエールを怒鳴りつける。

「なんであそこまでしたの!?　なじみ、あそこまでやれなんて言ってないでしょ!?」

「あの男はゴミです。きっとこれからもオーナーを傷つけるでしょう。そうなる前に——」

「ばかぁ！　死んじゃったら元も子もないじゃない！」

手元にあったレーダーをエールの顔に投げつける。

「あんたなんか大ッきらい！　もう二度となじみの前に現れないで！」

「オー……ナー……」

エールの端正な顔が驚愕《きょうがく》に歪《ゆが》み、

「オーナー！」

いきなり押し倒された。

「なっ、なに⁉」

同時に。

ベランダへ通じるガラス戸が、甲高《かんだか》い悲鳴を上げながら砕《くだ》け散った。

床が揺れ、なじみをかばったエールの背中に、飛沫《ひまつ》のごとくガラス片が舞い落ちる。

大砲でも撃ち込まれたのかと思った。恐る恐る見てみると、ガラス戸ばかりでなくガラステーブルにも大穴が開いていた。そしてその下の床には……マスクメロンが埋まっていた。

ベランダの手すりに、ふわりと少女が降り立つ。

「――出てきなさい。あんたももうわかってるんでしょ？」

月を背に、メロンソーダのアキカンがそこにいる。

「…………」

エールが無言で立ち上がり、メロンに近づいていく。

二人に会話はなかった。メロンが手すりから跳《と》び立とうとする。

呆気《あっけ》に取られていたなじみは、それでようやく我《われ》に返った。

「ま……まって！　メロンちゃん！　カケルちゃんは……カケルちゃんは……へいき？」

「…………」メロンはゆるりと振り返り、「カケルなら部屋で寝てるわ。意識はずっともどってないけど、あいつ頑丈《がんじょう》だからたぶんへいきよ」

「へ、部屋っ？　病院に連れていってないの⁉」

「カケルが言ったのよ。病院には連れて行くなって」

「どうしてっ？　あんな大ケガなのに——」

そこではっと気づく。

「そうよ。あなたのためよ。病院へ行って警察に知られたら、あなたが捕まっちゃうかもしれないから」

「なじみの……ために……」

「もしもあいつのことをまだ友達だって思ってるなら、看病してやって。あたしは——」

メロンはキッとエールを見下ろした。

「あたしたちはもう、あなたたちの側《そば》にはいられないから」

そう言い残して、メロンとエールは同時に跳び立ち、夜の闇《やみ》へと同化していった。

◆◆◆

メ……………ロ……………ン……………

なにか、言っている。オレを見下ろして、なにかを言っている。

でも、よく聞き取れない。耳鳴りがして、聞き取れない。薄目でメロンの顔を見ようとするが、たまった汗と涙でにじんでよく見えない。まぶたもそれ以上開かない。

去っていく。行ってしまう。

——行かないでくれ！　行っちゃだめだ！　戻ってきてくれ！

『メ……ロン……』

焼けつくような体の熱さに耐えて、カケルは必死にその名を呼んだ。

戸を開け、四角い光を浴びたメロンが振り返る。

逆光を浴びたその顔は――

『ばいばい、カケル』

――さびしそうに、微笑《ほほえ》んでいた。

「メロンッ!!」

がばっ、と起き上がり、

「っ！　〰〰〰〰〰〰〰〰〰〰〰〰〰〰〰ッ!!」

胴を串刺《くしざ》しにされたかのような激痛に転げ回った。

「くっ……カ…………こ、ここ、は……オレの、部屋？」

苦心してベッドから降り、なんとか電気をつける。壁時計は一時十五分を示していた。

メロンは……いない。

「メロン……メロォン……」

迷子のネコのようなか細い声で呼んでみるが、やはり返事はない。

代わりに、ベッドの枕元に置いてあったあるものを発見した。

丁寧に畳まれた制服と……その上に、一枚の紙が置いてあった。

取り上げて見てみる。

手紙だった。

【お金　かえせなくって　ごめんね　メロン　おいしかったよ】

幼稚園児のようなへったくそな文字で、精一杯それだけ書かれていた。

それを見た瞬間、カケルはすべてを悟った。

メロンやぶど子《こ》を縛っていた、鎖《くさり》の正体を。

「……そっか……そうだったんだな……」

紙に、ぽつぽつと染《し》みができた。

涙だった。

「お前たちはただ……愛して欲しかっただけだったんだな……」

それが、彼女たちの望みのすべて。

愛して欲しい。人間たちに、もっと愛されたい。

そういう空き缶たちの想いが具現化《ぐげんか》したのが、彼女たちなのだ。

「そして気づいてなかったんだ……愛されるってことが、どういうことか……自分たちがすでに愛されてるってことが……わからなかったんだ」

そうなんだな？　メロン。ぶど子。

だから、お前たちは戦おうとしたんだな。愛されるってことがどういうことかわからないから、だからそんな不器用な方法でしか愛を勝ち取れないと思ってしまったんだな……

なんて……哀《かな》しい。

そんなの、哀しすぎる。

愛されなかったばっかりに、愛されることがどういうことか知らなかったなんて。

もう愛されているのに、愛されていないと思ってしまうなんて。

ツーンと鼻の奥が痛くなり、視界がぼやける。

「……メロン、お前はオレのことといつも馬鹿《ばか》にしてたけどな、お前のほうが遥《はる》かに馬鹿じゃねえか……気づけよ、これくらいさぁ……それにワガママ過ぎるぜ。ひとりで勝手に納得して勝手に出ていきやがって……オレの気持ちなんか全然考えてねえんだ……」

そのとき、玄関のドアががちゃりと開かれた。

まさか……メロン？　帰ってきたのか！

カケルは慌てて立ち上がり、よろめきながらリビングの戸を開けた。

「メロン！」

「あ……」

しかし、玄関に立っていたのはメロンではなかった。

「カケル……ちゃん」

なじみだった。カケルを見て、気まずそうに目を伏せる。

カケルは急いで涙をぬぐい、努めて明るい声で、

「な、なあ、なじみ。メロンがどこ行ったか知らないか？」

「メロンちゃんは………さっきなじみの部屋にやってきて、エールとどこかへ……」

「ちっ、あのペコカン！　先走りやがって！」リビングへいったん戻り、タンスの中からスカジャンを取り出して、包帯を巻いただけの上半身に直《じか》に羽織《はお》る。

「なじみ。ちょっとあの馬鹿を連れ戻しに行ってくる」

カケルはギシギシ痛む腹を抱えてスニーカーを履《は》き、玄関のドアを開こうとした。

が——ノブを握った手を、なじみに摑まれた。

「……カケルちゃん、なじみのこと、怒らないの？」

「あ？　この傷のことか？　お前のアキカンが勝手にやったことだろ？　お前はべつに」

「ちがうよ」

「……え？」

「エールが勝手にやったんじゃなくって、なじみがやれって言ったの」

なじみは無表情に淡々《たんたん》と告げた。

啞然《あぜん》と息を呑《の》む。

「カケルちゃんがなじみとのデートを断って、メロンちゃんとデートしてたから。だからムカついてエールにやれって命令したの。悪い？」

「あ、あれはデートじゃあ……！」

カケルは弁明しようとして、やめた。なじみが傷ついたのなら、同じことだった。

「……悪かった。謝るよ。お前からすればオレは最低な男だよな。あとでいくらでもぶん殴ってくれて構わねえ。だがいまはメロンのことが先だ」

ドアノブを回して引こうとする。——が。

「いやっ！」

なじみが勢いよく胸に抱きついてきた。

「なんで？　なんで怒らないの？　なじみ、カケルちゃんのこと傷つけたんだよ⁉　怒ってよ！　いますぐここで怒ってよ！　なじみのこと……見てよぅ……うっ、う……」

なじみは泣きながらカケルの胸を叩《たた》く。

「……なじみのこと、あとまわしにしないで……」

「なじみ……」そっとその細い肩を抱く。「ごめんな、べつにお前のことがどうでもいいわけじゃねえんだ。ただ、いまはメロンたちのことを優先させなきゃならねえ。そうだろ？」

「……なんで？」腕の中のなじみがこもった声を出す。「なんで、そこまでしようとするの？　そんなにメロンちゃんのことが大事？　カケルちゃんにとってメロンちゃんってなに？」

なじみは真剣な眼差《まなざ》しでカケルを見上げ、

「——カケルちゃんは、メロンちゃんのこと好きなの？」

◆　◆　◆

深夜の球場に、二つの影が立つ。

「あたしね」マウンドに立ったメロンが振り返る。「アルミ缶って嫌いなのよ」

「私もです」ホームベースに立ったエールが口を開く。「スチール缶は、生理的に嫌いです」

でもね——と言って、メロンは月を背に寂しく笑いかけた。

「あたしとあんたって、似てるかもしれないわね」

エールが、すべてを納得したように頷《うなず》く。

「——始めましょう。すべては」

愛されるために。

エールの手に、あの半透明の剣が出現する。

メロンは両手を突き出し、精神を集中させた。

◆　◆　◆

カケルがもしも「好き」と言ったら、それで諦《あきら》めようと思った。

カケルのことを好きになるのは、これで最後にしようと思った。

「——」

なじみの問いかけに、カケルは一瞬真顔《まがお》になった。

なじみにとっては永遠のように長い一瞬。

そして。

「……ああ、好きだ」

カケルは、こくりと頷いた。

……ああ、これでもう……カケルちゃんのことは好きになっちゃいけないんだ……

なじみはうつむいて涙を落とした。すると、

「お前と同じくらいな」

「え……?」顔を上げる。

カケルはなじみの頭にぽんと手を置き、ニカッと笑った。

「メロンはオレの大事な仲間だ。だから助けたい。お前はメロンのこと嫌いか?」

「え? メロンちゃんの、こと……」

考える。カケルのことばっかりで、メロンのことなど、ぜんぜん考えたこともなかった。

「……よく、わかんない……」なじみは正直に答えた。

「そうか……」カケルは苦笑いし、「じゃあオレのことはどうだ? 好きか?」

「えっ!?」

一瞬どきりとしたが、カケルの表情を見てそういう意味の『好き』ではないと気づき、

「……好き……だよ。カケルちゃんのこと、好き……」

頰《ほお》がカァァッと熱くなるのが自分でもわかった。

「そうか。んじゃ、オレの大切な人はお前にとっても大切な人……にはならねぇか。ははっ」

カケルは照《て》れくさそうに頰をかくと、

「どうしてここまでするかっていうとな、それだけなんだ。お前を助けたときもそうだったじゃん。大切な仲間がピンチだったら助けるのが仲間ってもんじゃん。違うか？」

「あ……」

思い出した。大地《だいち》カケルという少年が、どういう人間なのかを。

こういうカケルを、なじみは好きになったのだ。

命を助けてもらったことなど、実は関係なかった。なじみがカケルのことを好きになったのは、カケルの行動ではなく、その行動理由。

ただまっすぐに、すがすがしいほど一途《いちず》に、自分の正しいと思った感情に従い、たとえ自分の命が危なくなろうとも、ためらうことなくそれを実行に移せる心。

——勇気。そこに、なじみは強く惹《ひ》かれたのだ。

「オレ、馬鹿だからさ。自分に嘘つけねえんだ。だから行かなくちゃならねえ。大切な人を見捨てることなんか、オレにはできねえ。それがいまのオレの正直な気持ちだから」

カケルはなじみを押しのけると、再び玄関のドアノブを握った。

「ぐっ……」

だが力を込めると傷が痛むのか、なかなかドアを引くことができない。

なじみはその手の上にそっと手を重ね、ドアを引いてやった。

「なじみ?」

「なじみも一緒にいく」

驚くカケルに、なじみはにっこりと笑いかけた。

「だって、エールはなじみのメイドだもん。ちゃんと帰ってきて、働いてもらわなきゃ」

◆◆◆

無数の星々を蹴《け》り上げるように、影が躍《おど》る。

ホームベースを駆け抜け、バックスタンドで三角跳びをして宙返りながら、

「メロメロメロン!」清涼飲料魔法を放つ。

三塁ベースの辺《あた》りから追ってきたエールは、身をかわしながらスッと剣を振るう。

斬撃《ざんげき》音はない。けれども、マスクメロンがグラウンドに衝突する頃には、それは桃太郎《ももたろう》が生まれた桃のようにぱっくりと割れていた。

「……やっぱり真っ正面から撃ってもあたらないわね」

だんだんわかってきた。エールはメロンやぶど子とは違い、至近《しきん》距離で戦う肉弾戦タイプなのだ。超高速で相手に近づき、あの必殺の武器で斬《き》りつける。

アイソトニック・ソード。それが奴《やつ》の武器。

あれはきっと、有機物であればなんでも斬ることができる剣だ。

先ほどのメロメロメロンを斬ったときもそうだが、まるで漸撃音《ざんげき》がしなかったし、振り抜いてから対象物が切れるまで若干《じゃっかん》タイムラグがあった。刃が通過したあとに切れたのだ。

おそらく——あの剣は浸透圧《しんとうあつ》を自在に変えられる。

対象となる有機物に浸透圧を合わせ、斬るというより刃をもぐりこませ、通過させるのだ。

それがあの剣の秘密。刺したときではなく、抜いたときにダメージが発生する。きっとカケルも、刃《やいば》が体に触れた段階では痛みはなかったはずだ。

最強の剣と最速の足を併《あわ》せ持つ彼女は、あるいはアキカン最強の戦士かもしれない。

メロンは空中で回転しながらグラウンドに着地した。エールは腰に巻いたウェストポーチから缶を取り出し、それを飲んでいる。あの強力な剣をずっと出現させるためには、それ相応のエネルギーが必要となるようだった。

メロンも手首から下げた巾着袋《きんちゃくぶくろ》からジュースを取り出し、同じく口をつけた。球場での戦いが始まって二十分。すでにグラウンドには無数のマスクメロンが点在していた。きっと上空から見れば、ナスカの地上絵のように見えるだろう。エールは内心、メロンがこの球場を戦いの場に選んだことを喜んでいるにちがいない。ここなら遮蔽物《しゃへいぶつ》もなく、存分にエールの機動力を発揮《はっき》できる。万に一つもメロメロメロンなどを食らうわけがないと思っている。

——その隙《すき》が、メロンの狙いだった。

エールの足が疾《はや》くって当たらないのならば。

まずは、その足を封じ込めればいいだけの話だ。

◆◆◆

なじみに支えてもらって通りまで出て、タクシーに乗る。

「あの子たちがどこに行ったかわかるの？　カケルちゃん」

ああ、と答えてカケルは運転手に言った。

「球場だ。あいつ、あそこしか広い場所知らねえからな。運ちゃん、急いでくれ」

「オーケイ。首都高使えば少しは早く着くが、どうするニィちゃん」

「頼む。……あ、でも金がねえ。なじみ、あるか？」

「ええっ？　なじみもないよっ。あ……だけど、このタクシー会社なら……」

なじみは生徒手帳を取り出し、写真や名前が載っているページを運転手に見せ、

「わたし、こういう者です。ちょっと急いでるんで、ご協力お願いします」

それを見た運転手は最初怪訝《けげん》そうに顔をしかめたが、すぐにあっと声を上げ、

「おいおい、こりゃえらい客を乗せちまったぞ」

大急ぎで出発した。

「……どうしたんだ？」そっとなじみに耳打ちする。なじみは澄《す》まし顔で、

「ここのタクシー会社、スカイエアーグループの系列なの。すごく下のほうの」

首都高に乗り、タクシーは滑走路のような道を時速百キロで飛ばす。

この分ならすぐに到着する——と思いきや、前を行くクルマたちがどんどん減速していき、ついには止まってしまった。

「おいおい運ちゃん！　なんで渋滞してんだよ！」

「わからねぇ。先のほうで事故でも起きたのか……」

五分ほど待っても一メートルも進まない。後続車ばかりがたまっていく。

しばらくすると、ラジオのニュースで渋滞情報が流れた。やはり、先のほうの料金所近くで、事故があったらしい。タンクローリーが横転して道路を塞《ふさ》いでいるという。

「ちっくしょう！　こんな時によ！」

カケルは膝を叩き、ドアを開けて外へ出ようとする。

「カケルちゃん!?　なにするの！」

「もう我慢《がまん》できねえ！　走っていく！」

「無茶だよカケルちゃん！　あぶないよ！」

「そうだぜニィちゃん！　それにここから球場まで何キロあると思ってんだ！」

「うるせえ！　じゃあどうすんだよ！　クルマにいたって一歩も進めねえじゃねえか！」

しがみつくなじみを振り払い、構わずドアを開けようとすると——

ドゥルルンッ！

すぐ外を、なにか黒い物が高速で駆け抜けていった。

「あれは………バイクか！」

タクシーの横をすり抜けていったバイクは、すいすいと器用に渋滞を縫《ぬ》って進んでいく。

バイク……バイクなら………そうだ！

カケルはジーンズのポケットから携帯電話を抜き出し、コールする。

……出てくれ、出てくれ、頼む！

二十回近くコールしたあと、プッとコール音が途切れた。

出た！

「おいジゴロー！　頼む、来てく——」

『バッキャロウ!!　何時だと思ってんダァ！』

おっさんの声で怒鳴りつけられた。ジゴローの父親だ。

『やかましくッて子作りできねえじゃねえか！　失敗したらどうすんだ!!　ああ!?』

まだ作る気なのかオヤジさん……ってそうじゃねえ！

「オヤジさんオレだ！　大地だ！　ジゴローを出してくれ！」

『おお！　大ちゃんかっ！　カカッ、怒鳴って悪かったなあ！　ちょうど今フィニッシュを決めるところだったんでよう！　なあカアちゃん！』

電話先から『勘弁《かんべん》しておくれよ父ちゃん！』というババアの声が聞こえてくる。カンベンして欲しいのはこっちのほうだバカ野郎！

『おう大ちゃん！　とっとと婿《むこ》養子に来てウチの魚屋を継《つ》いでくれよォ！　三子《みいこ》と四子《しいこ》、どっちがいい？　なんならどっちともくれてやるぞ！　食べ放題だ！　がははははっ！』

「あとでたっぷりと美味《おい》しくいただくから、とにかくジゴローを出してくれ！」

『おう、いま部屋に着いた。おーい五郎！　大ちゃんから電話だぞォ！　起きろォ！』

電話先から、『きゃーっ!?　なんで裸《はだか》なのよお父さん！』とか、『しかもちょっと勃《た》たせてんじゃねーよクソオヤジ！』といった若い女たちの悲鳴と、どたばたと暴れるような音が聞こえてきた。大丈夫かよおい、とはらはらしていると、

『……もしもし、カケル？』眠たそうなジゴローの声が聞こえた。

「ジゴロー！　頼む、ちょっとバイクで来てくれ！」

『え～、なに言ってるんだよ、眠いよ、ふわぁあああ～』

「よく聞けよ、場所は首都高の――」

カケルは早口でおおざっぱな現在位置を伝えた。

「頼む！　いますぐ来てくれ！」

『……すっごい眠いんだよ。僕はパスするよ、またあとで誘って、ふわぁあああ～』

「遊びの誘いじゃねえ！　首都高で遊ぶ馬鹿がいるかっ！　このままだと大変なことになっちまうんだよ！　お願いだ！　お前しか頼める奴がいねえんだ！」

『――――カケル』

ふわついていたジゴローの声が、すっと落ち着いた。

『カケル……ひょっとして、ピンチなのか？』

びしりと打ちつけるような、低い声。

カケルは死にものぐるいで叫んだ。

「ああ！　ピンチだ！　だからジゴロー、助けてくれ！」

『――――』

ジゴローはひゅっと息を飲み、

『おう！　まかせろ！』

プツッ、と電話が切られた。

「……カケルちゃん、ジゴローくん、来てくれる……？」

「ああ。あいつは地味でモテなくて影が薄い男だが――」

カケルはタクシーのドアを開けて外へ出た。

「――だが、ダチが困っているのを見捨てるような男じゃねえ！　断じてな！」

道路の端に立って、遠く先を睨《にら》みつける。

あいつならきっと来るはずだ！　なにがあっても来るはずだ！

そうだろジゴロー！　オレのダチなんだから！　来ないわけねえよな！

「……来た！」

カケルは友を信じて待ち、そして――

グォ――――ン

まるで肉食獣のような雄々《おお》しい唸《うな》り声。大きな一ッ目のライトを煌々《こうこう》と輝かせて、ジゴロー
が乗るカワサキ製250ccのアメリカンバイクが猛スピードでやってきた。

「カケル！　大丈夫か！」ジゴローがゴーグルを上げて叫ぶ。

本当に着の身着のままで来たようで、青と白のストライプのパジャマ姿だった。

「よし！　どけ！」

ジゴローの体を押しのける。

「は？　どうしてだよ！　せっかく来てやったのに！」

「お前がいたら乗れねーだろうが！」

「ちょ、ちょっと！　僕のバイクをどうする気だよ⁉」

「乗るに決まってんだろ！　ダンスするとでも思ったか！」

押し問答になる。

「なんでだよ⁉　僕の後ろに乗ればいいだろう⁉」

「お前は三人乗りができんのか！　なじみも一緒に行くんだぞ！」

「バイク乗れんのかよ！」

「馬鹿にすんな！　盗んだバイクで走り出す十五歳だぞ！」

「十五だったら免許持ってないだろ！」

「誰が十五だ！　思いっきり免許取れる十六だっつーの！」

「お前さっき十五って言ったじゃないかよ！　危ないよ！」

「うるせえ！　尾崎《おざき》にできてオレにできないわけねえ！」

「ああもう！　わかったよ！」

ジゴローが怒りながらバイクを降りる。

「お前はいつもそうだカケル！　おいしいところだけ持っていきやがって！」

カケルは入れ違いにバイクにまたがり、その後ろになじみが座った。

グォン、グォン、とエンジンを空《から》ぶかしして吹き上がりを見る。中学のころ、お遊びで先輩のバイクを借りて乗ってみたことが幾度《いくど》かある。左手のクラッチ操作と足を使ってのギアチェンジの感覚をまだ体が覚えていれば、なんとかいけるはずだった。

「しっかり摑まってろよなじみ！」

「うん！」

なじみがカケルの首に手を回す。

「おいジゴロー」

にかっと笑いかける。

「お前のことずっと脇役《わきやく》って呼んでて悪かったな。訂正《ていせい》するぜ」

ぐぉぉん、とアクセルを回しながらクラッチを合わせ、カケルは叫んだ。

「お前は脇役じゃなくって最高の引き立て役だよ！　オレのな！」

急発進。

去り際に見たジゴローは、悔しそうな、けれどもどこか嬉しそうなヘンな顔をしていた。

「ばっ、馬鹿野郎────っ！　事故んじゃねえぞぉおおおお!!」

◆　◆　◆

もう少し……あともう少しで……

ジュースは残り一本。失敗はできない。これは相当エネルギーを消耗《しょうもう》する。

球場には、マスクメロンが大量に落ちている。エールに向けて放ったメロメロメロンが外れた結果なのだが、それらを消さないで残しておくのには理由があった。

……五つ。五つエールの周りにおいて、五芒星《ごぼうせい》を描ければ……！

五芒星の中心にできる五角形。その中にエールを入れることができれば。

そこへ、閉じこめることができる。

しかし、その技を使うためには、かなりの危険をおかさなければならない。向こうから偶然その中に入ってくれるわけもない。誘導する必要があった。すでに、ピッチャープレートを中心にして、周囲に四つのマスクメロンを配置し終えている。あとはピッチャーマウンドまでエールを呼び込み、残りの一つを配置して、魔法を発現させるだけだった。

メロンはピッチャーマウンドまで走り、そこで足を止めてエールを迎え撃つ。すでに何回かここへ来て試そうとしているが、中々上手くいかない。でも今度こそは。

「エール！　追いかけっこするのにも飽きたわ！　決着をつけましょう！」

ホームベースの辺りに立つエールに叫ぶ。

「……貴方、何か狙ってますね。先ほどから何度もそこへ私を誘い込もうとしている」

エールが冷静に言う。内心ぎくりとしたが、顔にそれを出すほどメロンも迂闊《うかつ》ではない。

「どうかしら？　試してみれば？　それともびびってそこからずっと見てる？」

「……そうですね」

呟《つぶや》き、エールがマウンドに向かって駆け出した。

メロンは両手を交差させて突き出し、その先にマスクメロンを出現させる。

――さあ来なさい！

エールは一直線にマウンドへ向かい、そのまま五角形に相当する部分へ入る――

――直前。天へ跳ねた。

「!?」慌《あわ》てて上を向く。

エールは四メートルほども飛び上がり、グラウンドの周りに点在するマスクメロンを見て、

「――成る程。この形は五芒星……この形と関係あるのですね。だからその辺りだけ妙に落ちているマスクメロンの数が少なかったというわけですか」

「くっ!!　メロメロメロン！」

メロンは予定を変更して、上空のエールへメロメロメロンを放つ。

が、エールは体操選手のように空中で身を捻《ひね》り、軽々とそれをかわす。

そしてそのまま剣先を下に向け、一直線に落ちてきた。

「くぅっ！」急いで逃げだす。

数瞬後、ドン！　とエールがマウンドに着地しながら剣を突き立てた。

メロンは慌てるあまり、足をもつれさせて倒れてしまう。

エールがマウンドから剣を引き抜き、こちらへ来る。

──まずい！　撃つ余裕が……！

尻餅《しりもち》をつきながら後ずさったメロンの手に、固いものが当たった。

五芒星を形成するために置いてある、マスクメロンだった。

苦し紛《まぎ》れにそれを掴み、向かってくるエールに向けてぶん投げる。

一度放たれたマスクメロンは、重量が増してしまい炭酸ガスで撃ってもほとんど飛ばない。ましてや手で投げるなど焼け石に水もいいところなのだが、しかしそれを知らないエールは驚いて立ち止まり、飛んできたマスクメロンを剣で切断した。

その隙に体勢を整えて気を集中させ、エールに向けてメロメロメロンを放つ。

が、エールは後方へ向けて高くジャンプしてかわし、膝を抱えながら軽業師《かるわざし》のように回転し、マウンドの外へ着地した。また間合いが開く。

「……残念でしたね」エールが淡々《たんたん》と語る。「さしずめ、貴方の狙いはマウンドを中心とした五芒星を形成し、その中に私を誘い込んで大がかりな清涼飲料魔法を発動させ、広範囲にわたって攻撃をするか、もしくは五芒星の中へ閉じこめようとしたのでしょう」

しかし、とエールは淡々とした口調のまま勝ち誇る。

「もうできなくなってしまいましたね。もともと四つしかなかったマスクメロンのうち、さらに一つを先ほど捨ててしまいましたから。それに、いかに強力な清涼飲料魔法であれど、その制約さえ知ってしまえば怖くはない。マウンドを中心に五芒星を描こうとしているのなら、こうしてマウンドの外に出てしまえば万に一つも魔法はかけられない」

「…………」

メロンは、うつむいて答えない。肩が、小刻《こきざ》みに震えている。

エールは、三つになってしまったマスクメロンを一つずつ指さしながら、

「二つ、足りない。あなたの負けです、メロンソーダのアキカンよ」

冷たく宣告した。

「…………」

それを聞き、メロンの肩の揺れがさらに大きくなり、やがて、

「……ぷ、あはははははっ！」

哄笑《こうしょう》した。

「……気でも触れましたか」

エールは不可解そうな表情を浮かべている。

「あははっ！　ごめんごめん、だってあなたがあまりにも滑稽《こっけい》だから！　くくっ」

「──なにを……言っているのですか」エールが戸惑《とまど》う。

メロンはしゃがみ込み、ゆっくりと両手の掌《てのひら》を地面に押し当て、

「ねえ、エール」

にやり、と笑いながら十メートル先のエールを見上げた。

「図形パズルって、得意？」

「――――まさか！」慌てて振り返る。

エールの後方に、残り二つのマスクメロンが落ちていた。

当初よりも右肩下がりになる形で、五芒星が配置される。

「〝デカメロン‼〟」

発動。五つのマスクメロンが若草色の光の線で結ばれ、五芒星を描く。エールは確かにその中心の五角形の中に入っていた。光の線はさらに五芒星の頂点を横へつないで円を作り、そこから餅《もち》が膨《ふく》らむようにぷくっと天に向けて丸く盛り上がった。

高さ三メートルにも及ぶ、光の球が出来上がる。

「これは――」エールの驚く声も、もうほとんど聞こえない。

光はどんどん厚みを増していき、それにともなって球の外壁にひび割れたような模様が走り、最後は巨大なマスクメロンの姿となってグラウンドにでんと鎮座《ちんざ》した。

「……なんとか、成功、したわね……」

大量にジュースを消費したメロンが、どすんと両膝をつく。

エールが跳んで落ちてきたときは、確かにやられたと思った。

しかしその後、落ちていたマスクメロンを咄嗟《とっさ》に投げつけたとき、たまたま天に向けて発射したマスクメロンが良い位置に落ちていることに気づいたのだ。これで四つ。そして、エールを狙うと見せかけて欠けているところへ向けてメロメロメロンを発射した。そうしたら、エールのほうから完成した五芒星の中心の五角形の中へ入ってくれたのだ。

「さあってと……ここから先はどうしようかしら。このままあいつのジュースが切れてくれるまで待とうかしら」

しかし、その前にたぶんこっちのジュースが切れてしまう。メロンは巾着袋の中から最後のジュースを取り出して飲んだ。

——微《かす》かな、音がした。

「ん……？」ジュースを飲むのをやめてデカメロンを見る。

また……した。がりがりと、まるでなにかを齧《かじ》ってるような——

いや、なにかを掘っているような、そんな音が。

メロンは立ち上がり、呆然《ぼうぜん》とそれを見つめる。

「うそ……でしょ。これ、有機物じゃなくって清涼飲料魔法で作った光の檻《おり》よ……？」

しかし、メロンの悪い予感を裏付けるように、音はどんどん大きくなっていき。

やがて、ぴしり、とデカメロンの表面にひびが入った。まるで、ヒナが卵のカラを突き破って生まれ出ようとしているかのように。

ひびはどんどん大きくなり、ついにボコッ！　と穴が開いた。

小さな穴だったが、そうなるとあとは早かった。続けざま起こった衝突音のあと、まるでダムが決壊するかのように一瞬のうちにバコンと大きな穴が開いた。

「…………」

メロンは二の句が告げられず、口をぽかんと開け放している。

「……『矛盾《むじゅん》』という言葉を知っていますか」

――穴から、はいずり出てくる。

何食わぬ顔で平然と、スポーツドリンクのアキカンがはいずり出てくる。

「最強の矛《ほこ》と、最強の盾《たて》に関する故事《こじ》によるものらしいのですが――」

地面に降り立ち、エールが無表情で剣をヒュンと振るう。

「私は、矛のほうが強いと思うのです。なぜならば、盾のほうは持つ者の能力が反映されにくいですが、矛ならば使う者の腕力や技量によって、いくらでも性能を上げることが可能ですから」

エールが、その最強の矛をすっとメロンに向けて突き出す。

「……ばか力」

メロンの頬に、すっと大粒の汗が流れた。

◆◆◆

軍隊のように綺麗《きれい》に三列に並んだクルマたちを、バイクがすり抜けていく。

久しぶりに乗ったバイク。しかし恐怖はない。

昂揚《こうよう》した心が、それを忘れさせてくれる。

脳裏《のうり》に様々な光景が浮かんでは風とともに流れる。

〝——ばいばい、カケル〟

「なにがバイバイだバカ野郎！」

アクセルを捻り上げる。

いいかメロン、バイバイって言葉はな、相手もバイバイって言わなきゃ成立しねぇんだぞ。だからあのバイバイは無効だ。そんなものオレが認めねぇ！

ここでさよならだなんて、そんな哀しい結末、ぜってえに認めねえぞ！

必ずお前を引き留めてハッピーになってやる。

なあメロン。物語って、最後はハッピーで終わるべきだろ？

途中どんな辛《つら》いことがあってもさ、最後は幸せになるべきだろ？

そのハッピーまで書かねえでバッドで終わらすなんざ、創作者の怠慢《たいまん》だと思わねえか？

オレはな、メロン。信じてるんだ。

途中どんな困難があっても、もうマジヤベェって諦《あきら》めかけても、それでも。

それでも、最後にはきっとハッピーになる。

オレはそう信じてる。そう信じて生きてる。

たとえばオレが百歳まで生きるとして、99・9999歳まで生きて、あと0・00001秒で死ぬとして、その時まだとなりに大切な人がいなくて、アンハッピーだったとしても。

それでも、オレは信じてる。

きっとあと0・00001秒でそいつが颯爽《さつそう》と現れて、オレにハッピーを華麗《かれい》にもたらしてくれるって、絶対信じてる。

死ぬ最後の最後のその瞬間まで、諦めねえでそう信じ切ってみせる。

――だからな。だからなメロン。今回だってきっとお前に会えるって信じてる。

間に合わない物語はねえ。ハッピーになれねえ人生はねえ。

そうは思わねえか？

思えねえんだったら、これからオレが見せてやるぜ、メロン。

ハッピーな結末っていうのを、他でもない、オレの手で紡《つむ》いでやるぜ。

なあ。

馬鹿だと思うか？

馬鹿だろう？

そうとも！　オレは馬鹿なのよ！　ケケケケッ！

「カケルちゃん！　まえ――――っ！」

なじみの声ではっと意識を前に向ける。

一台のセダンが、かなりフェンスに寄せて停《と》まっていた。サイドミラーにぶつか――

ふん！　とセダンの腹を蹴って強引によける。左側のフェンスに接近。それも蹴る。ジグザグ走行。バイクが首を振る。靴底で地面をこすってバランス修正。なんとか切り抜ける。どこか楽しそうな、なじみの「きゃ————！」という黄色い悲鳴。

どどどどどどうよメロン！　オレ様絶好調だぜ！　ノリノリだぜ！　このままお前のもとへすっとんでってやるから覚悟しろよ？

大きなお世話だって？　来るなって？

そういやお前、オレに聞いたよな。あたしたちの幸せってなに？　ってさ。

いまのオレだったらわかるぜ。

それはな、オレの幸せだ。

オレたち人間とおんなじだよ、お前の幸せは。だって人間と変わらねえんだからな。

違うとは言わせねえぞ。

お前、オレが変なことするとすぐに怒ってゲンコツ食らわしてきたじゃねえか。オレとキスをしたときは恥《は》ずかしそうにしてたじゃねえか。メロンを食べて美味しいって笑ったじゃねえか。ばいばいって言うとき、さびしそうな顔してたじゃねえか！

ほら見ろ。おんなじじゃねえか。

だからな、お前がそんなことをすんのは間違ってるんだよ。

お前が幸せにならなかったら、他の缶たちだって幸せになれねえだろ？

「なじみぃ！　乗ってるかぁ!?」

「うーん！　ちゃんと乗ってるよカケルちゃぁん！」

「ちゃんと摑まってろよ！　飛ばすぜぇ！」

「ごーごーカケルちゃーん!」

アクセルをぐんと回してさらに加速する。

——それとな、オレがいつもお前のことを気にかける理由、話したろ?

二年前の事件がどうたら、こうたら。

あれな、嘘だ。

よく考えたら——つーか、フツーに考えたら、嘘っぱちだ。

そんなことカンケーねえよ。オレはそこまでナイーブじゃねえっつーの。

じゃあなんでだ?

なんでだと思う?

単純なことなんだぜ?

わかんねえだろうなぁ。

だからこんなことしてんだもんな。

じゃあ言ってやるよ。はっきりとよ。

お前が好きだからだよ。

大地カケルはお前のことが大好きだからだよ。

好きなやつが困ってたら助けるだろ? 好きな人が間違ってることしてたらやめさせようとするだろ? 好きな人が哀しそうな顔してたら、笑顔にしてやりたいだろ?

つまりは、そういうこった。

でもお前、バカだから気づいてないんだろ？　オレがお前のこと好きだってことをさ。

だからオレは行くぜ。バイクをブイブイいわせてお前のもとへ行くぜ。

そんでもって、バカ野郎って怒鳴りつけてお前を抱きしめてやる。

好きだバカ野郎って怒鳴りつけてお前を抱きしめてやる。

オレの側にいやがれバカ野郎って怒鳴りつけてお前を抱きしめてやる。

バカみたいに怒鳴ってお前を抱きしめてやる。

お前に愛し方ってもんを教えてやる。

イヤか？

イヤがっててもやめてやんないもんね、いひひひ！

「カケルちゃん！　あれ！」

肩口からなじみが手を伸ばす。

五十メートルほど先に、大きなタンクローリーが横倒しになっているのが見えた。あれのせいで三車線とも塞《ふさ》がっているのだ。しかし、いまカケルたちが走っている左端には、バイクが一台通れるかどうかという隙間が残っていた。

「なじみぃ！　アレ、いけると思うか？」

「イケるイケる！　ごーごーカケルちゃん！　ごーごー！」

ヤンキーみたいに手を振り回しながらハイテンションで叫ぶ。

「おうっ！」と返し、アクセルをぐりっと回した。

ジゴローから借りたバイクが、カジキみたいに一直線に突っ込んでいく。
なぁ、メロン。仲間っていいだろ？
仲間のために後ろで励《はげ》ましてくれたりさ、電話一本で深夜に駆けつけてくれたりさ。
お前にはまだオレしか仲間はいねえけど、そのうち絶対わかる時がくるぜ。
友情パワーってのはな、どんな奇跡だって起こせるんだぜ。
見せてやろうか？
じゃあ手始めに、あのちょびっとの隙間をバイクで華麗に駆け抜けてやるぜ。
「うらあアッ！」
一気にバイクを突っ込ませる。
イケる！　イケるぜ！
――と、思うやいなや、タンクローリーの陰《かげ》からぬっと人が出てきた。
中年の男だった。どうやら運転手らしい。
カケルと目が合う。どちらも顔中の穴という穴を全開にして驚愕《きょうがく》した。
「やばっ、ぶつか――」
カケルが目を閉じた、途端《とたん》。
――ふわっ
という浮遊感が身を包んだ。
「へ……？」恐る恐る目を開ける。「へえええええええええ⁉」

浮いていた。バイクごと、宙に浮いていた。

タイヤが空転している。上にあったはずの星空が下に広がっている。街だ。街の灯《あか》りが広がっている。さっきまで走っていたハイウェイは二十メートルも下だ。

「飛んでる！　空飛んでるぞオレ！」

「きゃあっ！　なんで!?　なんでなんでなんでカケルちゃん！」

後ろのなじみも驚いている。すると――

「やれやれ、近頃の乗り物というのも不便なものだね」

声がした。どこかで聞いたことがある声。

よくよく前を見ると、ハンドルの中央に、なにか黒いヒモのようなものがついているのが見えた。ヒモはまっすぐ上へと伸びている。カケルはそれを追って空を見上げた。

ホウキだ。たけぼうき。上空の強風にあおられて、がさがさと尾がはためいている。

バイクから伸びた黒いヒモは、そのホウキの柄《え》にくくりつけられていた。もう一本、リアフェンダーの辺りからも同じようなのが伸びている。

そして、ホウキに横座りする少女。ここからだと脚《あし》しか見えない。ばさばさとプリーツスカートが風でめくれ上がっている。……見えそうで見えない。真下からのアングルなのに、なぜか見えない。どうなってるんだこいつのぱんつは。

「やはり、移動は昔ながらのホウキが一番だな」

「おっ、お前は！」

「ゆりり——」

二人がその名を呼ぼうとした瞬間、がくんとバイクが——ホウキが、下を向いた。

「その名を呼んじゃいけないよ。魔法が解けてしまうからね。さあ、降りるよ」

ジェットコースターのようにぐんぐん急降下する。ハイウェイの料金所を飛び越えて、もう一般道路が見える。クルマがいっぱい走っている。

「ちょっ、ちょっとまったああああああ！」

カケルは悲鳴を上げ、そして——

——ふと気づくと、バイクで道路を走っていた。

はっと我に返り、カケルは慌ててバイクの挙動を立て直そうとするが、ほとんど乱れてはいなかった。クルマの少ない左車線を、法定速度で走っている。

「……見たか？」

「うん……見た」

「いまのってやっぱり……さ」

「夢じゃ……ないよね」

「……………」

「……………」

二人は沈黙し合い、それから大声で笑い合った。笑いすぎて傷口が痛い。それでも猛烈に笑いが止まらない。なぜだかおかしくっておかしくって堪《たま》らなかった。

球場に到着した。ブレーキレバーを握って荒々しくバイクを止め、そのままバイクをがたんと倒してなじみとともに出入り口へ向かう。

ガラス扉が割られ、侵入された形跡があった。なぜ警備員などが駆けつけてこないのか、という疑問を抱く前に、二人はそこをくぐって中に入っていった。

◆　◆　◆

メロンの動きは明らかに鈍《にぶ》っていた。

それもそのはずで、最後のジュースを飲んでから、もうじき二十分になろうとしている。エネルギーもかなり減り、動き回って体温が上がり、炭酸もどんどん抜けていく。

一方、エールはというとまだジュースが残っているようで、少しも衰《おとろ》えを見せぬスピードでメロンのことを追い回している。メロンは炭酸ガスを使って空中で方向転換をし、マタドールのようにその突進をかわすが、時間とともにそれも辛くなっていく。

「メロメロ――メロン！」

撃つ。が、軽々といなされる。追ってくる。逃げる。だが、エールはもう本気では追ってきていない。気づいているのだ。このままいけばメロンのほうが先にジュースが切れると。

事実、もうメロメロメロンは二発——よくて三発しか撃てない状態だった。

それでも、メロンは諦《あきら》めていない。

千載一遇《せんざいいちぐう》のチャンスを虎視眈々《こしたんたん》と狙っている。

そして、その時は突然やってきた。

剣を突き出してつっこんできたエールの頭上を、大きくジャンプして飛び越す。ざざざっと
エールがスライディングのような形で急停止し、切り返して再びメロンを追う——

「——!?」

そのとき、エールがなにかに足を取られ、すってんと背中から転んだ。

地面に落ちている、マスクメロンだった。それに足を乗せてしまってコケたのだ。

チャンス！　いまだ！

メロンはまだ空中にいた。ガスで体勢を整え、すかさずメロメロメロンを放つ。

「愚《おろ》かな。この私がこれしきのことで」

エールが素早く立ち上がり、二、三歩後退する。

——かかった！　狙いは最初っからあんたじゃないのよっ！

放たれたマスクメロンは、エールの手前に猛スピードで落ち、
そこにある、先ほどエールが足を取られたマスクメロンに直撃した。

ビー玉遊びのように、地面に転がっていたマスクメロンが弾《はじ》かれた。

それは地を這《は》うように超低空で飛来し、一直線にエールの足へ向かった。

「しまっ――!」慌ててエールがよけようとするが、もう遅い。

ゴスッ、という鈍い音。

ふくらはぎの辺りに直撃し、エールが声にならない悲鳴をあげながら倒れ伏した。

「……やった。やったわ」ついに、足を封じ込めてやったわ!

ここまでの攻撃はすべて、このための布石《ふせき》だった。

すべてはエールを油断させ、足下への注意をそらすため。

エールはホームベースの辺りに倒れ、足を押さえて苦しそうに呻《うめ》いている。

メロンは二塁ベース上に立ち、両手を交差させて突き出す。

風が巻き起こり、メロンの髪や服がはためき、掌の先に、マスクメロンが出現する。

エールは動けない。いける――!!

そのとき、ふと疑念が鎌首《かまくび》をもたげた。

なんで自分たちはこんなところで殺し合いをしているのだろう?

あたしたちはただ、人間に愛してもらいたいだけなのに……

その合間にも、エールは立ち上がろうと必死にあがいている。

「……いまはそんなことを考えている余裕はないわ」

考えるのは、倒してからでもできる。元より、自分たちが生きているということに、いったいどれだけの意味があるというのだろう。所詮《しょせん》自分たちはただの缶。死んだってだれも悲しんでくれやしない、ただの缶ではないか――

メロンが両手を頭上に振りかぶり、狙いを定める。
懐《なつ》かしい、声が聞こえた。

◆　◆　◆

選手入場の出入り口から、カケルはグラウンドへ飛び出した。
一目見て、事態を察した。
走る。傷から激痛が走るが、それでも走る。倒れているエールに近づく。
それを見たメロンが、ややためらいながらもメロメロメロンをエールに放つ。
「お前らなあ——」エールの斜《なな》め前——バッターボックスに飛び込む。
カケルはここに来るまでに、ブルペンからあるものを持ってきていた。
それを構えてバッターボックスに立つ。
金属バットだ。
高速でマスクメロンが飛んでくる。
脳が加速度的に熱を持ち、二年前、頭に受けた古傷がずきりと痛む。
なぜだか知らないが、マスクメロンが飛んでくる軌道《きどう》が手に取るようにわかった。
「ここはケンカをするところじゃねえ——」

バットを思い切り引き、

「野球をするところだろォッ！」

フルスイングした。

ガゴンッ！

重《おめ》え！　まるで電柱ぶっ叩いてるみてえだ！

でも負けるかってんだ！

「うぉぉおおオオオオオッ!!」

カケルは猛然とバッドを押し込み、そして、

打ち返した。

ほーむらんだった。

メロンが唖然とレフトスタンドを振り返る。

「エールっ！」なじみが遅れて駆けつけてくる。「エール！　ケガはないっ？」

「オー、ナー……なぜ、ここに……」エールは呆然としている。

メロンはこっちに向き直ると、計りかねるかのような顔で、

「……なにしにきたのよカケル。あたしはべつにあんたなんか」

「愛して欲しいんだろ？」

「え……？」

「愛して欲しくって、こんなことするんだろ」

カケルは傷に手を当て、うつむいてふらつきながら歩いていく。フルスイングしたせいで、傷が開いた。内臓飛び出たかと思った。激痛につぐ激痛で頭がイきそうだった。

「愛して欲しいから、不安になるんだ。自分は愛されているのだろうか？　本当に存在していいのだろうか？　って、自分を見失いそうになって、怖くなるんだ。だから戦おうとするんだろ？　戦って勝てば、愛してもらえると思って」

「！」メロンの顔が硬《かた》くなる。

「馬鹿だよ、お前たちは。ほんと馬鹿だ。なんで気づかねえんだ。いいかお前たち」

なんとか首を後ろへ向けて、エールを見る。エールはなじみに介抱《かいほう》されながら、ぼんやりとした顔でこっちを見ている。

叫ぶ。

「良く聞け！　お前たちはなあ、空き缶なんかじゃねえ！」

「――――」

二人が目を見張る。

カケルは腹を抱え、足を引きずるようにして、息をぜえぜえ切らせながら、それでもメロンへと歩み寄っていこうとする。

「断じてねえ！　なぜなら、お前たちが愛されてるからだ！　オレやなじみに！」

「愛……されて……いる？」

言葉を覚えたての赤ん坊のように、たどたどしくメロンが言う。

「そうだ！　オレたちに必要とされてんだよ！　だから空き缶なんかじゃねえ！」

カケルはそこでひとつ息をつき、

「……オレもな、二年前はお前たちと同じだったんだ。自分なんかは必要ねえ、空き缶みたいにいらない存在なんだって思ってたんだ。……でも、そうじゃねえって気づいた。なじみがオレを必要としてくれたおかげで、やっと気づけた。お前たちも一緒なんだよ。オレやなじみに必要とされてれば、それだけで存在していいんだ！」

エールがなじみを見る。

「オーナー……」

「そうだよ、エール。大っきらいなんて言って、ごめんね……そんなことないんだよ」

涙ながらに謝る。

「わかったか！　だからこんな戦いはすべきじゃねえんだ！　幸せになるんだ！　一緒に！」

メロンは、気の抜けたような呆然とした顔をしている。

カケルはなおもずるずると歩を進め、ピッチャーマウンドを上っていく。

「──それでもな、メロン。お前がどうしようもないバカ野郎で、まだ愛されてるってことを信じなかったり、幸せのことがわからないっていうんだったらな、オレが教えてやるよ」

マウンドを上りつめ、顔を上げて二塁上のメロンを見つめる。

汗だらけの顔でにやりと笑って、見つめる。

「オレが幸せってもんを教えてやる」

両手をがばっと大きく広げ、息を吸い込み、
叫んだ。
「こい！　メロン！　抱きしめてやるぜバカ野郎！」

「あ――」

メロンの足が。

動く。

よろよろと、少しずつ、カケルに向かって歩いていく。

まるで、立てるようになったばかりの赤ん坊が、よちよち歩きで親のもとへ向かうように。

「カケ……ル」

「おう、メロン」

「――カケル！」

走り出す。

なだらかなマウンドの傾斜を駆け上り、カケルへと飛びつこうとする。

カケルも体重を前に傾け――

べしゃっとひとりでに倒れた。

「カケル⁉」

血相を変えて駆け寄り、前のめりに倒れたカケルの体を抱き起こす。

カケルは………笑っていた。苦痛に顔を歪《ゆが》めながら。

「ぎひひひひっ、イテェ！　気が遠くなったぜ！　いひひひっ！　カッコわりぃ」

「なにやってんのよ……ばか」困ったようにメロンが口元をほころばせる。

「でもさ、さっきのでわかったろ？　お前もオレのこと好きなんだよ。じゃなかったらあんなに心配そうに寄ってこねえだろ？　へへっ」

「バカ……そんなわけ、ないじゃない」

メロンは泣きそうな顔で、精一杯強がった。

「……そうだよ」なじみが言った。「戦って死んじゃうなんてだめだよ。だって」

いたずらっぽく笑う。

「楽しいこといっぱいあるのに、死んだらもったいないよ。もったいないオバケがでるよ？」

「……く、くははっ」

カケルは痛快に笑い、

「さ！　帰ろうぜ！」

手を伸ばし、メロンの髪をわしわし撫《な》でた。

「オレたちの、居場所にさ」

「……うん！」

涙をためて、微笑《ほほえ》んだ。

Akikan!

エピローグ

すべては終わり、そしてまたここから始まる。

「カケルちゃん、だいじょぶ?」

エールに肩を貸しながら、なじみがマウンドに歩み寄ってくる。

「なんとか……な。エールは無事か?」

メロンに助け起こされたカケルはしかし、エールの顔を見てぎょっとした。

エールはカケルを無表情でじぃっと見上げていた。

やべっ……そういや、こいつオレのこと嫌ってんだっけ……

「だめだよエール! たしかにカケルちゃんはサイテーの二股《ふたまた》男だけど、殺しちゃだめ!」

ちょっとまて。フォローになってねぇぞなじみ……ってか二股ってなんだよ!

「大地《だいち》カケル」エールが一歩踏み出す。

カケルがのけぞり、メロンがさっと身構える——が、エールはやおらその場に跪《ひざまず》いた。

「へ……?」

「貴方《あなた》のことを誤解していました。貴方は男の風上《かざかみ》にも置けない最低のクズだと思っていましたが、訂正《ていせい》します。あのようなことをして申し訳ありませんでした」

片手を地につけ、頭を垂《た》らす。

「あ、あははっ……い、いいってことよ。そんなこと、いまさらさ。あはは……」

「ただ——もしも再びオーナーを傷つけるようなことがあったら——」

すっと顔を上げる。

「そのときは、死なない程度に懲らしめますので、そのおつもりで」

目が本気だった。カケルは冷や汗《あせ》だらだらである。

「あはっ、あははは……そ、そう！　うん、ボクちん気をつけちゃう☆　あはは……んじゃもう帰ろうぜ！　不法侵入で捕まったらカッコわりぃぞ！　急げ急げ！　いててて……」

「もう、なにやってんのよバカ。ケガしてるときくらいおとなしくしてなさいよ」

メロンが呆《あき》れ顔で、「ほらつかまって」とカケルに肩を貸す。

「………」それを見たなじみは急に仏頂面《ぶっちょうづら》になり、「……ま、今回はエールもケガしてるし、その役目はメロンちゃんにゆずってあげる。あくまでも今回だけだけど」

「はあ？　役目ってなんのことだよ」

「ふーん。いいもーん。いこ、エール」

なじみはつーんとそっぽを向くと、エールに肩を貸してすたすたと歩いていく。

「……ったく、ときどきあいつヘンなこと言い出すからなぁ。……ん、どうしたメロン」

「え!?　べ、べつにそんなんじゃないわ！　なに勘違《かんちが》いしてんの！　あんたバカじゃない!?」

カケルに肩を貸しているメロンが、なぜか赤くなって叫んでいた。

「……なに言ってんだ?」

「う……な、なんでもないわよ! さ、もう帰るわよ! もう終わったんだから!」

メロンが強引にずんずん歩いていく。

カケルはそこで、ふとあることを思い出した。

「そうだ、彼女にも伝えてやらねえとな。ハッピーエンドになるかは……わからねえけど」

◆　◆　◆

とあるオフィスの一室。

ひとりの男が、本革製《ほんがわ》のリクライニング・チェアにゆったりと腰掛け、黒檀《こくたん》の執務机の上に並べられた何枚もの写真を、微笑をたたえながら眺《なが》めていた。

ノックが二度鳴り、木崎《きざき》が入ってきた。

「失礼します。A《エー》機関の皆様が全員お集まりになりました。先ほどのメロンとエールの戦いを隠し撮りしたビデオも準備してあります」

「そうかね。ご苦労だった、愛鈴君《あいりん》」男屋《おとや》は立ち上がる。

「木崎です」憮然《ぶぜん》と言い、「……ついに始まるのですね」

畏《おそ》れと興奮《こうふん》の入り交じった声で、男屋の背中に語りかけた。

男屋は「ああ」と頷《うなず》き、ドアを開ける。

「――さあ始めよう。インポ計画を。ククッ、楽しくなりそうじゃないか」

男屋は木崎を引き連れ、噛《か》み殺した笑みを浮かべながら部屋を出て行く。

執務机の、カケルばかりを写した写真群だけが残った。

◆　◆　◆

「……オーナー、申し訳ありません」

なじみに支えられて球場を出ながら、エールは小さく謝った。

「え？　どうして」なじみが見上げてくる。

「こんな、お手を煩《わずら》わせてしまって……本当なら、オーナーは私などよりもあの方を……」

「……」なじみはエールの顔をじっと見上げ、
むにゅう、と頬《ほお》を引っ張ってきた。

「ふぁ？　ほーふぁー？　はひほ」

「なじみとカケルちゃんの絆《きずな》は、そんなかんたんに壊れたりしないのっ。……それに」

なじみが少し照《て》れくさそうに笑った。

「なじみ、エールのこともすごく大切だもん……」

「ほーふぁー……」

「んーふふっ、えいっ、えいっ、むにゅむにゅ！」

こそばゆくなったのか、なじみが誤魔化《ごまか》すように頰をつねってくる。

「ひはい、ひはいですほーふぁー。はめへくらはい」

涙目で抗議しながら、エールは相好《そうごう》を崩《くず》していた。

頰に感じる愛が、くすぐったくて。

◆◆◆

ジゴローは首都高の真ん中ですねていた。

「……どうせ僕なんか脇役《わきやく》だよ……だれにも愛してもらえないんだ。ぐす」

渋滞はまだ解消されていない。パジャマ姿でフェンスに背を預け、しゃがみ込んでいる。

ため息をついて顔を上げると、聖女が立っていた。

「どうした甘字《あまじ》。まるで聖女でも見たような顔をして。ボクは魔女だぞ」

「──こ、東風《こちかぜ》さん⁉　なんでこんなところにいるの⁉」

「キミと一緒だよ。これから帰るとこだ。ボクの家の方角はあっちなのでね」

あっち、と指を差して揺花《ゆりか》は高速道路を逆に歩いていく。

「へ？　ねえ！　歩いていくの？　タクシーに乗っていけば」

「魔女はクルマなんかには乗らない」

「危ないよ！　本当に！」

「だったら」背を向けたまま答える。「キミが気をつければいいだろう、甘字」

「え……」

揺花は振り返り、あのにやにやとした笑みを口元に張り付かせ、

「別に後ろからキミみたいな影の薄い男がついてきても、ボクは気にしないぞ」

また背を向け、歩き出した。ジゴローは一瞬呆気《あっけ》にとられ、それから、

「……ちょ、ちょっとまってよ東風さ〜ん！」

慌《あわ》てて立ち上がり、ばたばたと揺花の背中を追っていくのだった。

◆
◆
◆

少女は哀《かな》しみに臥《ふ》せっていた。

「ぶど子《こ》……ぶど子ぉ……どうしていなくなっちゃったの……」

あの少女のことを思い出すたびに、哀しみが全身を支配する。

「わたしのこと、嫌いになっちゃったの……？　だから勝手に戦いにいっちゃったの……？

わたし、大好きだったのに……ぶど子のこと、大好きだったのにぃ……！」

泣きたいのに泣けない。もう涙は出尽くしてしまい、身も心もからからだった。

――ピーン、ポーン

不意に、場違いに明るいチャイムが響いた。

こんな時間に……だれ？　もう深夜の三時なのに……パパやママじゃ絶対ないし——

「もしかして……ぶど子？」

気づくと少女はベッドを飛び降り、階段を下りて玄関を開けていた。

「ぶど子！」

しかしそこにいたのは、ぶど子の亡骸《なきがら》を届けにきた、あの高校生の男女だった。

少女は落胆《らくたん》した。わかっている。わかっていた。ぶど子はもう、帰ってこないのだ……

「……なんの、用ですか」力なく問う。

少年はその姿を見て、少し気まずそうな顔をした。

「あー……あのさ、この前、ぶど子からの大事な言付《ことづ》けを伝え忘れたんだ」

「ぶど子からの——」はっと顔を上げる。

少年は「ああ」と頷き、言った。

すごく、優しい瞳《ひとみ》をしていた。

「……『みさき、大好き』だってさ」

「あ…………」

その瞬間、ミサキの胸の奥から熱いものが一気にこみあげてきた。

「う……うぇえええええん……」

泣き崩れる。大粒の涙がとめどなく溢《あふ》れてくる。もう出尽くしたと思ったのに、まだこんなに残っているなんて。でも、それもそのはずだった。

だってこの涙の出所《でどころ》は、これまでとは違うのだから。

◆　◆　◆

「ふひぃ〜、ただい………ま」

スカジャンを脱ぎ捨て、ぼふりとベッドに倒れる。

最高に疲れた。いろいろありすぎて、心も体もいっぱいいっぱい。

体が灼《や》けるように熱い。傷口が開いて、また熱を持ち始めているのだ。

「ハァ、ハァ、あつ……熱ぃ……ハァハァ、死ぬぅ……ハァハァ」

熱と苦痛にたまらず汗が噴《ふ》き出し、呼吸が荒くなる。

「ああう……メ……、メロォ〜ン……こ、氷を……氷枕を持ってきてくれぇ……」

ベッド脇に立つメロンに懇願《こんがん》する。が、こちらをじっと見つめるだけで動こうとしない。

「おいメロン……聞こえ、ねーのか……このままじゃオレ……熱くって死んじまう………」

やべえ、視界が熱でぼやけてきたぞ……

腕で目頭《めがしら》をごしごしこすっていると、となりになにかがすっと入ってきた。

冷たい。やった、氷まくらだ、と思って目を開けると、
メロンだった。

カケルの体にぴったりと身を寄せて、添い寝している。

びっくりしすぎて声が出ない。

メロンはカケルの肩に顔を寄せ、

「……あたしの体、つめたいわよ」

と言って、草の陰《かげ》から周囲をうかがうウサギのように、ちらっとこっちを見やった。

「それに……あたしのこと、抱きしめるんでしょ？」

「――――」

息を飲み、まじまじとメロンの顔を見つめる。

カケルの肩で隠そうとしてるが、頬が赤くなっているのが丸わかりだった。

「……ああ、抱きしめてやる」

メロンの頭の下に腕を回し、そっとその体を抱き寄せる。

柔らかくって冷たくって、気持ちいい。柑橘《かんきつ》系の良いにおいがする。

「ねえ……あんたの体、なんかどんどん熱くなっていってない？」

カケルの首もとに頬を寄せて、メロンがぼそぼそと言ってくる。

「そ……そんなことねえよ！　そういうお前だって、シュワシュワ言っててんじゃねえか！」

「なっ！　ばかじゃないのあんた！　自惚《うぬぼ》れないでよ！」

「ほぉ～う。じゃあこのボンボンの中で泡立《あわだ》ってるもんはなんだぁ？　んん～」

さわさわ。こりこり

「やんっ、ちょ、ちょっとばかっ！　さわんないでよっ！」

ガツン！

「いってぇ！　おいこっちは怪我人《けがにん》だぞ!?」

「あんたがヘンなことするからでしょ！　甘い顔するとすぐつけあがって！」

「なんだとーっ！　この野郎、こうしてくれるっ！」

こちょこちょこちょっ
「うきゃ!?　きゃははは！　も、もう！　なにすんのよこいつ！」

ガツン！　ガツン！　ガツン！

「ぐぅおう!?　マジで死ぬってばか！　ざけんなよ！」

むぎゅ――――――っ！

「ふへぇ！　ほっぺをつねるんじゃないわよ！」

バシッ、バシッ、ガツン！　バシッ！　ゴォン！


ベッドの上でのじゃれ合いは、メロンのジュースが切れて缶に戻るまで続けられた。

それは恋人のように……というより、まるで兄妹同士の喧嘩《けんか》のよう。

しかし、愛し合うことの意味を、ほんの少しだけ、メロンは知ったのだった。


――一缶《いっかん》　缶結《かんけつ》――

あとがき

つくしがおいしい季節になりましたね。

鼻血が止まりません。

じつは昔から、季節の変わり目に鼻血が出やすくなるという奇病に悩まされているのです。毎年くり返していますから、しまいには僕が鼻血を出すと周囲の人から、「ああ、もう春が来たんだなぁ」と言われるようになりました。季節の風物詩あつかいですよ。

周囲は笑いますが、当人は必死です。よく「鼻血で死ぬことはないから」とか言う人がいますが、それ嘘《うそ》です。僕は死ぬ自信があります。鼻血が高じて貧血で倒れたこともありますし。

原因として、花粉の影響だよ説、気温が上下して血流が激しくなるからだよ説、薄着する女の子が増えて興奮《こうふん》するからだよ説などいろいろと考えられますが、答えは出ていません。

知人にも何人か似た症状の人がいるので、きっと全国にはもっと多くの患者がいるのでしょう。思い当たる方はぜひともご一報を。もしくは、効率的な鼻血の止め方や、血管が強くなる薬、ティッシュを鼻に詰めこみすぎて鼻孔が広がってしまった人の悩みなどでも可です。

——さて、ふと気づくと前作からもう八ヵ月も経《た》ちました。べつに遊んでいたわけではなく、充電と放電をくり返しておりました。もう帯電しっぱなし。近ごろは壁と会話ができるようになったり、たまに幽体離脱ができるようにまでなりました。俺、もうすぐ死ぬんかな。

今作は、『テーマとしてのラブコメ』を強く意識して書きました。途中、何度も挫《くじ》けそうになりましたが、自分で書いたキャラたちに励《はげ》まされ、なんとか書ききることができました。お馬鹿《ばか》でがむしゃらな彼らの青春を見て、笑っていただけましたら幸いでございます。

前作と同様、今回も多くの方々からご協力を賜《たまわ》りました。

いつも電話で「頑張れ頑張れ」と励ましてくださった丸宝《まるとみ》編集長、適切な助言と『すっからかんラブコメ』という非常にアレなフレーズをくださった担当編集のM様。イラストレーターの鈴《すず》平《ひら》先生からは、様々なご意見やご提案を伺《うかが》うことができました。絵のほうはもう、言わずもがな。一目見た瞬間、ガッツポーズをしながらベッドを転げ回った挙句《あげく》、鼻血を出しました。同期のアサウラさんには、お忙しい中、銃について教えていただきました（でもごめんなさい、今巻ではあまり活《い》かされませんでした。絶対あとで活かしますからどうかご勘弁《かんべん》を）。

他にも、ここでは書ききれない多くの方々に力を貸していただきました。

皆様なしでは、この本はできませんでした。本当にありがとうございました。

そして、この本を手にとり、物語を完成に導いてくださった読者の皆様に最大限の感謝を。

それでは、今回はこの辺で。また本の中でお会い出来ることを祈りつつ。

（四月某日　愛する群馬の片隅《かたすみ》でつくしを茹《ゆ》でながら）

藍上《らんじょう》　陸《りく》

■初めまして、「アキカン!」の挿絵担当の鈴平ひろです☆
今回は完成した小説に絵をのせるのではなく企画段階から藍上さんや編集さんと打ち合わせしながら作画をしているのですが、そういうの伝わるでしょうか??

■とにかく可愛い女の子が一杯な訳ですが一人一人に鈴平からの希望を取り入れてもらったりしてて、おかげで一回目から娘のような感じで愛着たっぷりになってます（笑）

（特にエールは完全に私の趣味でキャラの外見や性格に至るまで変更してもらっちゃいました!）

■でもでも、さりげに一番新鮮なのは主人公が「男の子」なんですよね!　レギュラー陣にカケル、ジゴロー、男屋と三人も男キャラがいるのは、密かな作画の楽しみになってます☆

■作画といえば今回はラノベらしさ、っていうのを意識して挿絵でも書き文字入れたり漫画的な表現を取り入れてみたのですが如何でしょうか??

藍上さんのPOPでリズミカルな文章を上手く表現できていると良いのですが…。

■察しの良い人は気付いてると思いますが「アキカン!」はシリーズで続きます!
リクエストとか感想とか是非是非聞かせて下さいませ!　熱い応援希望なのです!
そしてエールを攻略対象に～!!（マテ